PRODIGUS

Ernesto Barea Amorena

Prodigus
Todos los Derechos de Edición Reservados
©2015, Ernesto Barea Amorena
Ilustración Portada © 2015, Camila Quevedo
Pukiyari Editores

Registro Derechos de Autor España: 16/2012/1106

ISBN-10:1630650439
ISBN-13:978-1-63065-043-8

PUKIYARI EDITORES
www.pukiyari.com

"Antonis Longus a Neilus, su madre, muchos saludos. Yo siempre te deseo buena salud. No creas que te he olvidado. Todos los días ruego por ti ante el Señor Serapis. Pero he tenido vergüenza de presentarme en Karanis, porque me hallo mal vestido. Te escribo porque estoy desnudo. Te lo suplico, madre mía, reconcíliate conmigo. Por lo demás, tú sabes lo que me he ocasionado a mí mismo. He sido castigado justamente, porque sé que he pecado. Supe por Póstumo, que se encontró contigo en mi búsqueda, y que te contó todo lo ocurrido en mi mal momento. Sabes bien que yo prefiero perder la vida a deber a nadie ningún favor. Ven tú misma, te lo suplico. Quiero expresarte todo el pesar por lo que te he hecho sufrir".

CAPÍTULO UNO

Por Hércules, que no sé cómo he ido precipitándome en este báratro. Voy a cumplir veintinueve años y ni respeto a Serapis, ni me ha importado el honor de mi familia, ni he tenido compasión de las canas de mi madre. Ya ni tengo valor para colgarme de un árbol, acobardado, destituido de toda dignidad, como me encuentro. Honor a Serapis, que yo era como las aguas puras del Atabara. Mi vida se deslizaba serena y apacible en la placidez de mi ambiente familiar. Pero me ha arrebatado una corriente poderosa como la del Nilo, y me ha mancillado con la suciedad de su légamo. Me ha arrastrado la sórdida fuerza degradante, envilecedora, del ansia incontrolada de placer, de crápula y de orgía, la ilusión seductora de una vida entregada al instinto, a la facilidad y al albur irresponsable. Hoy soy sólo uno de los grumos de la corriente humana más despreciable, de esa masa apestosa de los golfos, de los truhanes, de los depravados y envilecidos. Ahora me rechaza y me expulsa esta engreída Arsínoe, provinciana imitadora de Alejandría, pero sin su actividad cosmopolita de ombligo del Mediterráneo y del helenismo, sin su cultura y su elegancia. Pero ahora le ha llegado la fatalidad de la decadencia y de la catástrofe. A estos campos ubérrimos que rodean la otrora oscura Arsínoe, inesperadamente ensalzada a la opulencia y a la abundancia, le había suministrado el estratégico puerto, que se abre al mar Rojo, una salida desbordante, suscitada por la demanda de toda clase de productos que ha originado el movimiento emprendido por las tribus de Arabia hacia poniente, sus costas del mar Rojo, antes totalmente despobladas. A la adquisición del mercado con esta población, antes móvil y trashumante, se ha venido a unir la oportunidad que ha suscitado el conocimiento y la utilización acelerada del camello en los pueblos del otro lado del mar Rojo, en todo el Sahel y en todo el norte del desierto, que habían ignorado su doma, larga ya de milenios en Asia y en el Oriente Fértil. Todos los encumbrados a la riqueza por Ceres, por sus trigales inmensos, cosechados por centenares de esclavos nubios y etíopes, y todos los enriquecidos ganaderos, que han atrahillado verdaderos enjambres de camellos, sabiamente domados y apareados por incansables nabateos, todos los traficantes sirios y prestamistas judíos que han medrado a su sombra, todos han venido a confluir en esta Arsínoe y a elevarla como un fuego fatuo de riqueza y de lujo, de placer y de degradación moral.

Pero su esplendor ha venido a ser flor de un día, espejismo surgido en este dédalo de canales que irriga sus fértiles tierras, extendidas por miles de parasangas. Intensas mareas, desde hacía generaciones no recordadas, unidas a violentas tempestades del sur, han segado de arena el puerto entero y las mismas dársenas del canal y han hecho imposible el atraque de las naves, que ahora aparecen inutilizadas, varadas como esqueletos de enormes dinosaurios. Ya no se las ve, rebosantes hasta las amuras de rubio trigo, cruzar el mar Rojo hasta Ampelone, descender hasta las costas de Arabia, de Somalia y de Etiopía. Los inmensos silos, desbordados de grano, lo han dejado pudrir y germinar maloliente y pestífero. El emporio, creciente cada lustro, de la cría de camellos, que expandía su comercio por el canal de Trajan y por el mar, hasta Libia, Cirenaica, Numidia y Tingitania, se ha encontrado sin salida. Los ávidos servidores de Ceres y los codiciosos tratantes de camellos han presenciado arruinados el hundimiento de sus negocios, sin salida posible a sus productos, sin más perspectiva que la miseria absoluta.

Pero, si para todos ha sido trágica y terrible la fatalidad de las mareas, para nadie, como para mí, ha sido tan aniquiladora esa resaca. Yo, que había sido el mayor seducido por la mentira de la apariencia deslumbrante de los lujos y de las frivolidades fascinadoras de espejismos de falsa felicidad, he venido a ser también su máxima y más despreciada piltrafa. El reverbero del esplendor y de la opulencia de vida había despertado en Arsínoe el ansia de placer y de lujo más desenfrenada. Los austeros legionarios, ahora enriquecidos con las grandes ventas de cereales, sentían resurgir su anterior adicción a la vida desordenada. Los camelleros, primitivos y bárbaros, cargados de dracmas, no eran gente de instintos fácilmente refrenables. A su ritmo acelerado de demanda de placer y de libertinaje yo acomodé mi propia agilidad imaginativa y rapaz de negociante, heredada, sin duda de mi madre, aunque *horrens refero*, poco imitadora de su rectitud y honorabilidad de matrona romana. Mis negocios se instalaron en el comercio más abyecto y obsceno de la vida amoral y degradada. Por eso, cuando la tragedia irrumpió sobre Arsínoe, a mí me sorprendió, por una serie encadenada de contratiempos, en la situación más vergonzosa y más trágica, hasta acabar condenado a las minas.

CAPÍTULO DOS

Mi nacimiento había sido acontecimiento familiar gozoso y doloroso al mismo tiempo para mi madre, que acababa de perder a mi progenitor, y a la vez nuevo aliento de vida y de esperanza para su viudez. Mi padre, Cneo Marco Flacio, originario de la Bética hispana, había militado en la Legión VII Fretense, establecida durante años en Judea. A las órdenes de Sexto Julio Marcelo, llamado de Britania por el Emperador Adriano, el año diecisiete de su reinado, había participado como extratarjés, al frente de su legión, en la finalización de la guerra de Judea que acabó con la dispersión del pueblo hebreo. Se distinguió especialmente, con heroico arrojo, en el asalto al último baluarte de la resistencia de Barkokba en la fortaleza de Beter, cercana a Jerusalén. El Emperador le había reconocido sus mèritos militares y le había condecorado personalmente con corona, collar y brazalete de oro y faleras en su coraza. A sus treinta años, durante una etapa de descanso de su dura vida legionaria en Alejandría, se había casado con la que iba a ser mi madre, hija de un funcionario romano, educada en la cultura helenista.

Al acabar la guerra judaica la Legión VII Fretense fue trasladada al sur de Egipto, a Dodecaescoinos, en la frontera de Etiopía. Parte de los veteranos licenciados fueropremiada con lotes de pingües tierras en la orilla izquierda del Nilo. Mi padre también se había establecido en esa zona, en un amplio predio en la grecoegipcia Karanis, situada en la gran vega a lo largo de las sosegadas aguas del río, dejadas ya muy atrás las cataratas de Elephantine. Karanis está situada a escasas parasangas al norte de Crocodicópolis. En mi primera edad constituía entre los niños un gran orgullo ser de Karanis, con categoría de ciudad, con edificios y baños públicos y estanques. Todos los ciudadanos de Karanis sentíamos gran veneración por sus templos, dedicados a Amón Serapis, Zeus y otros dioses, que contienen aras sacras y momias de cocodrilos, símbolos del dios Sobek. Las gentes menos helenizadas seguían fieles a Horus, con cabeza de gavilán, a Isis, la de cuernos de toro, y a Anubis, con cabeza de chacal, que en sus manos sostiene una cruz con asa, la llave de los canales del Nilo.

La vida familiar en la espléndida villa romana, hecha construir por mi padre, conforme cumplía a los reflejos familiares de su noble ascendencia, se ha desarrollado siempre con la mayor felicidad. Pero, decididamente, no es para creerse el ser más afortunado de la vida el haber sido acogido como el hijo preferido y más mimado. Yo, aun cuando el cuarto de los nacidos en el seno de mi familia, he sido el hijo de la viudez de mi madre; su hijo póstumo, acogido por ella como la pervivencia de mi padre. Máximo, mi hermano, quince años mayor que yo, y mis dos hermanas, Corina y Fulvia, también recibieron mi venida al mundo con gran ilusión, en sintonía con mi madre. He sido su juguete y su idolillo, por la gran diferencia de edad. Nunca han querido darse cuenta de esta ficción hasta que ya ha sido tarde. Porque no se puede, Mehércule, haber llegado sin preocupación alguna a los veinte años, para empezar a oír continuamente el reproche de infantilismo y de inutilidad, la exigencia urgente de empezar de una vez a ser un hombre responsable y de provecho. Si se ha sido criado, o mal criado, para ser un niñato de capricho y de placer, y esta era la perspectiva que se vislumbraba desde esa experiencia, ¿qué es lo que se podía esperar que me hiciera renunciar a esa placentera forma de vida? Lo malo es que ni uno mismo ni los demás llegan a comprender esta realidad más que a toro pasado, como dicen las vestales de Minos, cuando han comprobado que su agilidad y su destreza les han permitido saltar con éxito, dejándolos burlados, sobre los temibles astados toros. No me fue dado conocer a mi padre. Acaso esto fue el origen de todas mis tragedias. Me faltó su vigor viril, como imagen y como apoyo en la conformación de mi personalidad.

Por lo demás, dotado de viva inteligencia, en mis primeros años tuve la oportunidad de adquirir una buena formación literaria. Máximo, exento al igual que yo por los méritos de mi padre de la ley que exigía a los veteranos, una vez licenciados, ofrecer a sus hijos a la milicia, pudo frecuentar las escuelas de Alejandría y dominar los autores latinos y griegos. Poseía y manejaba constantemente una amplia antología de las diversas escuelas filosóficas y el tratado de medicina de Dióscórides, siempre en sus manos. A pesar de mis rebeldías, él logró trasmitirme el gusto por la lectura, y acabé por emularle en su afán de búsqueda del saber. Desde mis primeros años yo podía deleitar en las fiestas familiares a amigos e invitados recitando con mi voz todavía blanca, a Virgilio y a Homero. Con lo que deleitaba y hacía reír incontinentemente a los comensales, cuando había ya corrido el vino en las comidas con invitados, era con diálogos de Ovidio y con la parodia de la recitación jocosamente melancólica del epitafio de Cos: "Aquí yace Crisógono,

El adorador de las Ninfas.

A ti que pasas te dice:

Bebe, porque ves la muerte".

Pero lo cierto es que, ya desde muy pronto, iba creciendo en mi interior una vena cínica y epicúrea.

Mi madre había asumido con maternal energía y con intensa dedicación la dirección de la familia y de las propiedades. Ella llenaba con su poderosa personalidad y su constante actividad toda la casa. La viudez parecía haber aportado ardor incansable y constantes iniciativas a su natural vitalidad. Sin dejar nunca Karanis, había sabido hacerse, ganándose el apoyo del Epistrategós de Crocodilópolis, con el monopolio del transporte del trigo, negocio que le reportaba grandes ganancias. Construyó una red de silos para almacenar el grano, que tenía que aguardar, por meses, los niveles del Nilo favorables para los embarques. Su fortuna pasaba por una de las más pingües y saneadas de la zona. Ella misma era considerada como la personalidad más respetada de Karanis. Desde la villa, que conservaba el halo de prestigio de mi padre, reconocido como héroe, seguía rigiendo sus negocios por medio de administradores, elegidos entre veteranos, fieles a la memoria de su antiguo jefe, y formados en el estilo de su mando firme y responsable.

En este ambiente agradable y plenamente condescendiente conmigo, rodeado de halagos, contemplado por amables servidores y complacido por esculturales esclavas nubias, lo que había sido infancia y adolescencia feliz se estaba esfumando como recuerdo insulso y odioso. Estaba empezando a sentirme hombre, pero no encontraba incitación ni motivación alguna ni porvenir en mi entorno. El tedio me iba invadiendo hasta asfixiarme. Tras la cerca de la villa, Karanis no me ofrecía ya incitación alguna y el aliciente que me aportara un tiempo el magisterio de Máximo había encontrado su término en la limitación misma de mi generoso preceptor.

Un apasionamiento sordo, que iba de la exaltación imaginativa a la depresión y a la apatía, y que yo cultivaba con cinismo callado y egoísta, se estaba gestando en mi interior. Despertaba en mí el vigor de la juventud, pero no encontraba en la apacibilidad de la vida familiar ni en el limitado horizonte de Karanis objetivos para mi ambición y para el impulso de vitalidad, de expectativas y de esperanza, que me inundaba, en momentos de ensoñación. Sentía necesidad de intentar una vida audaz e intensa. Habíamos celebrado mi cumpleaños en la noñez de cariño de todos para el siempre considerado como menor de edad. La fiesta fue una vivencia de frustración. Fue como una afloración a mi conciencia de lo que bullía en mi subconsciente. Ese fue el momento en que todo mi malestar y mi inquietud hicieron crisis definida. Karanis se me hizo ya insoportable. La casa se me empezó a antojar cárcel lóbrega, a pesar de su luminosidad.

Tenía que llegar el día. Todo fue intuición repentina, desechada como un mal sueño muchas veces, pero ahora ofrecida como ocasión incitante e inesperada. Se habían cobrado las sumas correspondientes a las subastas y al almacenaje de la otoñada del año. Epímaco, el viejo centurión, adicto hasta la muerte a mi padre y ahora hombre de confianza de la casa, había salido hacia Crocodilópolis y Fayúm con gran parte de la cantidad cobrada. Su marcha fue celebrada especialmente por Corina, que iba a desposarse en breve y era necesario agenciar todo lo referente a la instalación de su nueva morada. La seguridad aconsejaba hacer el viaje en un carruaje pesado y con escolta. Detalles de última hora habían retrasado la partida hasta bien entrada la tarde. Fue decisión rápida salir disparado en mi veloz yegua melania, apenas entrada la noche, y alcanzar a Epímaco en su primera parada. Resultó fácil hacerle creer que le iba a acompañar en el viaje, por decisión tardía de mi madre, y, acto seguido, desaparecer sigilosamente con el dinero transportado. Al amanecer, Epímaco no tuvo más remedio que retornar a Karanis y dar cuenta a mi madre del indudable autor del innoble desmán. Yo ya me había alejado, inalcanzable, bebiendo los vientos sobre melania. En todo caso, mi orientación no señalaba hacia Cocodrilópolis, conforme a la suposición normal, sino en la dirección contraria, siguiendo por la orilla la contracorriente del Nilo, hasta la Arsínoe del mar Rojo. Allí iba a estar seguro y a salvo de las pesquisas que con toda seguridad iba a iniciar incansablemente mi madre.

Tras mi huida de Karanis, la euforia de la libertad y de la senda de triunfo y de éxito, que me concitó la abundancia de dinero, me hicieron vivir días de exaltación y de felicidad impensadas. La infantilidad inconsciente, que era en realidad el fondo de mi personalidad, me ahorró todo remordimiento y todo sentimiento de compasión hacia mi madre. Su recuerdo apenas si emergió someramente en mi interior en algún momento de sinsabor o de cansancio. Fueron días de crápula y desenfreno en la borrachera de libertad y de orgullo que me daba disponer de un caudal no soñado.

Pero no perdía la cabeza. Puse inmediatamente el dinero a buen interés y con toda garantía. De todos modos, no dejé de pagar pronto una burlesca novatada. Yo era, en realidad, un pardillo sin mundo, protegido y mimado, criado al amparo de la recatada Karanis, sin idea de la realidad del mundo de la lucha por la vida, ni menos del de los bajos fondos de las villas portuarias.

Incautamente, con la ingenuidad más cándida, sin la más lejana sospecha, intenté morder una carnaza apetitosa y pisé en un lazo de arcadio infeliz. Por Baco, que no acierto a dejar de reprochármelo, he caído en una trampa de beocio que siento como una humillación dolorosa, como una burla que me hizo sentirme ridículo y pasmarote. Me había dejado ver demasiado. Fanfarrón y exhibicionista de mi libertad y de mi fortuna, en una de mis francachelas caí en manos de una *lacerta*, una lagarta con muchas horas de vuelo en los ambientes galantes de Arsínoe. No sabía nada de ella, pero debía de ser muy conocida, pues todos se referían a ella con el apelativo de la Faraona. Yo todavía no me había estabilizado y andaba ligero de impedimenta y me iba hospedando a salto de mata en albergues del puerto. En uno de ellos coincidí con la Faraona a la hora de la cena. Era una mujer mayor que yo, todavía joven, pero madura y poderosa, con una belleza agresiva, provocativa, que realzaba con afeites y perfumes. Envolvía con su vitalidad y su capacidad de imposición. Se me hizo encontradiza en la mesa de bebidas y desarrolló su arte de captación con tan finos y amables cumplidos a mi persona, a mi clase y a mi estilo, todo con una mirada cálida, que acompañaba acercando afablemente su rostro al mío, que me ganó inmediatamente. Un sentimiento espontáneo me impulsó a invitarla a cenar. Enseguida se adelantó a ofrecerse a elegir los platos. Conozco, me decía, esta casa y su cocina, y quedarás muy complacido. Demasiado conocía la casa, comprobé después. En connivencia con el dueño, los platos servidos, en especial los de pescado y de carne, estaban adobados con abundancia de especias. Los vinos que eligió para el pescado y para las carnes no fueron menos estimulantes. Su efecto evidenció que habían sido trufados con polvos afrodisiacos.

Después de la copiosa cena, todo me estaba proponiendo una orgía salvaje y sin mesura. Al levantarme de la mesa me encontraba totalmente temulento y tuve que asirme a la Faraona para no caerme, cuando me conducía hacia su habitación. Ella me contrajo contra su pecho y al contacto con su cuerpo me sentí invadido por su vibración femenina. Una violenta fuerza viril, no experimentada nunca hasta ese momento, se despertó en mi interior con una euforia potente y orgullosa. Ya en su cubículo, Marte cedía sus armas a Venus. Pero la diosa del amor no logro iniciar siquiera sus primeras escaramuzas. Milón, el marido de la astuta Faraona, irrumpió en tromba violenta, acompañado de dos compinches, que iban a actuar como testigos. Asiéndome con violencia, empezaron a acusarme de abusos contra una mujer casada. Yo me quedé completamente anonadado, dudoso de si me encontraba despierto o en sueños. Pronto me hicieron volver a la realidad. Cambiando en palabras razonables su violencia inicial, trataron de persuadirme que todo podría arreglarse si les daba la considerable cantidad que me exigían. El terror, que me había sobrecogido en el primer momento, se fue calmando, conforme me hacían la aceptable proposición de evitar caer en manos de los jueces, acusado de un delito infamante y gravemente penado. Logré persuadirles que llevaba una vida disoluta en juergas y libertinaje, cosa que les era notoria, y de que había dilapidado todo el dinero de que disponía. Después de larga discusión y que uno de los acompañantes de Filón comprobara que en mi cámara no había ningún dinero, quedaron conformes en que les entregara el que llevaba encima.

CAPÍTULO TRES

Escarmentado y dolido, decidí enseguida buscar seguridad en una vida más normalizada y adquirí una minúscula villa romana en venta, que conseguí a buen precio. Para el cuidado de la casa y de mi persona he contratado los servicios de una liberta nubia que había sido manumitida por uno de los últimos legionarios, Livio Manlio, que todavía quedaban en la zona de los antiguos compañeros de mi padre. En un encuentro con él me la ha recomendado con encarecimientos de sus cualidades. Ha sido una adquisición genial. Su docilidad y su suavidad hacen que apenas se haga notar en la casa. Sólo la diligencia y la solicitud con que la cuida y con la que atiende a todos mis gustos hace sentir su presencia.

El escarmiento por la antruejada de la Faraona me ha tenido anestesiado de todo intento de aventuras amatorias audaces. La convivencia con Aria no me ha originado durante un tiempo ninguna atracción hacia ella, a pesar de su esbeltez de talla de ébano y de la finura de su belleza. Me resultaba totalmente lejana su cercanía cotidiana y el roce permanente en la pequeña vivienda que compartimos. Mis devaneos pasionales entretenían mi tiempo y apagaban todas mis inquietudes y cualquier atisbo de remordimiento. Pasados varios meses ha habido, sin embargo, un momento en que he empezado a fijarme en ella, a mirarla de frente y a dejarme embriagar gratamente por su fragancia femenina. Aria ha sido toda gratitud y entrega a mi primer requiebro. Pronto he experimentado un tierno amor por ella, que me ha hecho sentir rechazo por mi desvío moral y me ha llevado a descubrir mi verdadera virilidad y a sentir el deseo de recobrar una vida estable y normal.

Estas vivencias me han impulsado a tratar de buscar alguna manera de asegurar mi porvenir, superada la mentira del infantilismo en el que todavía estaba viviendo. Por más ajeno que yo estuviera a todo sentimiento de recuerdo y de compasión hacia mi madre, en mi subconsciencia alentaba la admiración por su iniciativa y su capacidad de negocio y de maniobra. Enseguida intuí dónde se hallaba el dinero más fácil. Compré a la vieja Tusia, deslumbrada por una oferta generosa, toda la serie de sus lóbregos tugurios y los fui transformando en lujosas estancias, alfombradas e iluminadas con decoro, perfumadas de olorosos pebeteros, alejada la apariencia de sordidez que envolvía en todas partes el azacaneado negocio del lenocinio. Muy pronto, la riqueza, tan fácilmente generada, desbordó sobre mí como sólo es dable imaginar soñando en el cuerno de la abundancia. Las tripulaciones venían desbocadas, saltando a los muelles antes de haber atracado del todo, al reclamo de mis escuderías selectas de hetairas, de efebos y de púberes. La fortuna que me deparó este negocio durante años locos de opulencia, de crápula y de continuas fiestas orgiásticas, me llevó, a medida que todo se me hacía rutinario y aburrido, a innumerables viajes a Alejandría, donde la vida restallaba de lujo y de diversión. Allí establecí sucursales espléndidas de mi negocio, que multiplicaron ampliamente mis ganancias. Me fue suficiente un poco de conocimiento de la condición humana, para saber elegir codiciosas y sumisas gobernantas y dóciles y crueles eunucos que las protegieran y dominaran.

CAPÍTULO CUATRO

Nueve años vertiginosos han transcurrido desde mi fuga de Karanis. Nuevas sensaciones e impulsos más serenos y moderados me han hecho sentirme como cambiado. Mis relaciones y mis amistades se han ido renovando. He sentido vivencias nuevas de serenidad y de equilibrio y mi ánimo se ha sosegado. Alis me ha aportado una experiencia nueva de amor y de ternura y me ha instalado en un remanso de paz que hasta ahora nunca había experimentado desde que abandoné el ámbito familiar.

Había acudido a Alejandría en otoño del año once de Cómodo a una subasta extraordinaria de cautivas traídas del Danubio. Desde el primer momento me conmovió la contemplación de una delicada bárbara rubia. Irradiaba un halo increíble de inocencia, un candor de vestal virginal y misteriosa. No permití al rígido Albino que la condujera a ningún burdel. Mandé acomodarla en mi propia morada y hacerle sentirse protegida y respetada por las esclavas. Era, logré saber por las libertas servidoras de mi casa, hija de un sacerdote de Gerder y había sido educada como ofrenda a su dios. Poco a poco traté de ganar su confianza y de hacerle llegar el mensaje de una ternura que me ahogaba, al contemplarla. Sólo cuando logré que entendiera nuestra lengua, intenté expresarle todo el amor que sentía por ella. Busqué palabras que con los gestos más vivos le hicieran comprender la lealtad de mis sentimientos. Tus ojos han penetrado por los míos hasta el fondo de mi corazón, y he sentido que entrabas en él.

No estoy seguro si ha sido la docilidad innata al varón, de su cultura bárbara, lo que la ha llevado a aceptarme, más que la gratitud y el rendimiento a mi amor y a mis atenciones perseverantes y delicadas. Pero lo cierto es que me ha hecho totalmente feliz, y me ha otorgado una nueva conciencia de nobleza y de dignidad durante largos meses. Por mis hados, todo ha sido como una ilusión efímera, como una visión instantánea. Había tenido que viajar inopinadamente a Alejandría ante noticias alarmantes de problemas surgidos con las autoridades. El nuevo Dioketes reclamaba mayores restricciones a las actividades galantes. Estaba claro que lo que quería era entrar a la parte de las ganancias. He tenido que ausentarme varias semanas, hasta que la situación ha quedado tranquilizada, no sin tener que soportar graves tensiones y serias amenazas. Todo ha quedado solucionado con una buena suma de dracmas, pero como prendido de fíbulas delgadas.

A mi vuelta de Alejandría me he encontrado a Alis encinta de tres meses. Me lo había ocultado todo. De otro modo, estoy seguro que no me hubiera alejado un momento. ¡Al Averno todos los negocios! Ahora había encontrado algo más profundo y sublime, que me había trasformado y me hacía sentirme feliz. Pero, como una tormenta de verano, la desgracia ha irrumpido sobre mí a causa de una inesperada decisión de Alis. ¿Por ventura me había traicionado y se sentía culpable? Oh, por Isis, nunca lo debiera ni haber imaginado. La situación se ha complicado y ha desembocado en una tragedia. Parece ser que mi llegada algo la ha llevado a la angustia y la desesperación. No logro entender qué es lo que haya podido pasar por su mente. Ha intentado librarse de la criatura que gestaba en su seno y la han encontrado desmayada y casi exangüe. He corrido hasta ella angustiado y hecho un mar de lágrimas. La zozobra aumentaba mi impotencia y mi desesperanza, zarandeado entre la cólera y la indulgencia. Irene, mi adicta gobernanta, me ha revelado el horror numinoso de Alis por su embarazo. Había sido consagrada a Gerder, dios de su progenie, y se sentía enloquecida de desesperanza y de terror ante la presagiada maldición de su padre. He ido alocado a buscar al quirurgo Quilón y a la sabia Zenobia, versada en la asistencia a puerperios. En mi impotencia he sentido revivir hondamente la reverencia a los dioses y me he encaminado al templo de Isis. El mistagogo me ha ofrecido una plegaria a la diosa, que he suplicado con toda el alma:

«¡Isis, tú que habitas Paretonium y las campiñas voluptuosas de Canope y Menfis y de Faros, fecunda en Palmeras, en las llanuras a través de las cuales el Nilo impetuoso, descendiendo hacia el mar en su vasto lecho, se lanza en él por sus siete bocas, yo te lo suplico por tu Bistro, por la ribera temible de Anubis te lo suplico, torna a Alis tus miradas y, salvándola, devuelve la vida a dos víctimas. Porque tú darás vida a mi dueña y ella me la dará a mí. Y tú quieras que ella te deba la vida. Yo mismo, vestido de blanco, haré humear el incienso sobre tus altares. Yo mismo depositaré a tus pies los presentes que hoy te prometo aquí. Yo haré grabar aquí esta inscripción: "¡Por Alis salvada!" ¡Oh, haz que yo tenga que consagrarte esta inscripción y estos presentes!».

Pero mis plegarias y mis promesas no han sido oídas. Alis ha ido perdiendo el pulso. Ha ido quedándose blanca como la nieve del Ketanis alto y ha muerto desangrándose como una víctima sagrada. Yo he huido de su lado, acobardado y perdido, y he permanecido errante a la orilla del mar, mirando aturdido al infinito, sin fuerza para vivir ni para desear ya nada en la vida. Al crepúsculo desvaído y cenizoso ha seguido la noche oscura y a la noche oscura la noche tenebrosa. Un horror pavoroso a la vida me impulsaba a adentrarme en el mar para sumergirme en su abismo total.

CAPÍTULO CINCO

Está visto que sólo el arbitrio y la futilidad tienen asiento en mi vida. Por un momento había acariciado sentimientos nobles, había avizorado la posibilidad de una vida nueva. El amor de Alis ha ido desenterrando nostalgias familiares, soterradas por la indignidad de la vida en que he vegetado, vibraciones interiores como una voz de los lares que protegieron mi vida inocente en Karanis. Pero ¿adónde enderezar ahora mi existencia?, ¿por dónde abrirme camino? ¿Qué puedo hacer en la vida que no sea explotar indignamente, degradar cobardemente a los demás? Cualquier esfuerzo está fuera de mi alcance. No he doblado nunca el espinazo, no me he enfrentado en ningún momento a un deber exigente y continuado.

He pasado días inacabables de depresión oscura y amarga. Ya no sé si ha sido desesperación, horror por todo lo pasado o frustración al verme defraudado por lo único que he amado de verdad, manes de Plutón, en mi vida depravada. Encima de este hundimiento de mi ánimo, la enfermedad y las fiebres me han anulado durante semanas. El paso a través del Delta, a mi vuelta de Alejandría, obstinado por ganar tiempo ante las malas noticias, había quebrantado con exceso mis fuerzas, minadas por los anteriores excesos de la lascivia y la crápula. Sobre todo la última etapa Herópo-lis-Arsínoe-Cleopatra, cercana a las lagunas, me había sido fatigosa y fatal. Mientras tanto, ya se había des-encadenado la catástrofe del puerto. Las naves perma-necen ahora vacías y desarboladas, varadas como enormes esqueletos de dinosaurios. Ya no se las verá descender, preñadas sus enormes panzas de centenares de camellos o rebosantes del rubio trigo, hacia las costas de Arabia y de Etiopía o por los canales hacia el *mare nostrum*. Toda la vida de Arsínoe se ha visto trasmutada súbitamente. La desesperación ha llevado a muchos al suicidio, a otros al delito y al pillaje. To-do se ha confabulado para crear desesperación y caos.

Para mi mal y mi ruina más totales, el desorden y los tumultos, originados en la ciudad por el traslado al alto Egipto de la Legión VII Fretense, con la que ha-bía venido mi padre el año siete de Trajano, y desde entonces de guarnición en Arsínoe, me han afectado de lleno. El descontento de los legionarios, ante la perspectiva de verse alejados de las comodidades ciu-dadanas, ha dado lugar a tumultos y al rapto y la desa-parición de varias de mis pupilas. El Epiestratarjés de la zona, para desviar de la acusación a la Legión, no ha tenido mejor idea que denunciarme a mí del delito de desórdenes públicos y de asesinato. La acusación de este delito, que pasaba a la exclusiva jurisdicción del Prefecto, había de ser presentada ante él y por él juzgada en Menfis, donde se sentaba periódicamente *pro tribunali*, al igual que en Tebaida, la tercera re-gión.

El traslado, atado a la cuerda de presos, hasta Menfis ha sido doloroso en extremo bajo el sol inclemente, conducidos por legionarios fragmentarios. En el boulé, el consejo de los decuriones en pleno y sin ningún respeto a la más elemental práctica procesal ha liquidado expeditivamente el procedimiento judicial. Se alega como prueba de culpabilidad mi simple presencia en el lugar y a la misma hora de los sucesos. Buitres forenses, asnos con toga, de igual modo que se dio oídos al falso Ulises ante el sabio Palamedes los decuriones no se han dividido en dos grupos para expresar los votos a favor y en contra, sino que han permanecido unidos como una piña, unánimes en la condena dictada contra mí. Tras esta farsa de juicio, injusto y amañado por el Nomon, la sanción distanciada y displicente del Prefecto era indudable; condenado *ad metalla*. He sido confinado a las minas de cobre del valle de Timna en la zona desértica de Edom.

CAPÍTULO SEIS

La conducción de los condenados a las minas desde Menfis hasta Pelusium por el ramal derecho del Nilo, aunque hacinados en la sucia sentina de una barcaza, ha sido penosa, pero tolerable. La cuerda de los condenados, después hasta Timna, ha sido espantosa y trágica, azuzados por los feroces fragmentarios a caballo, que descargaban su propia fatiga y su malhumor en nuestra indefensión y en nuestra rabia impotente. Sólo los más fuertes hemos sido capaces de sobrevivir a las penalidades de treinta días de duras marchas. El hambre, la sed, el sol inmisericorde del desierto, se cebaban cada día en los menos resistentes, que caían fulminados y eran rematados entre burlas crueles y bestiales risotadas.

Todo alrededor de la gran mina de cobre, es aridez y fealdad. Como dice la leyenda en la tierra de Timna, las piedras son de hierro y sus colinas encierran cobre. Hace ya más de treinta años que, tras la deportación de los judíos, sólo la soledad puebla la Idumea, la región habitable más próxima. En la opinión de todos, una huida resulta impensable.

La mina es enorme, con galerías excavadas a gran profundidad. El trabajo es arduo en extremo, por la dureza de pedernal del subsuelo y por lo largo de las jornadas, más para quienes como yo no han manejado nunca el pesado pico. Picar, palear el mineral, cargarlo en las espuertas de mimbre, amontonarlo en los rellanos, desde los que es izado por chirriantes poleas, volverlo a cargar sobre los sufridos camellos, esta es la dura tarea de cada día, de sol a sol, con la sola parada para la fría y escasa comida. Otra jornada larga y dura es la sola perspectiva y la sola esperanza, al despertar cada día. El ansia mayor, la ilusión de una fuga, se convierte en las conversaciones en rabiosa frustración. Intentar la huida es suicidio seguro, sin necesidad de ser perseguido por la custodia, ni de más posibilidad de sobrevivencia que un par de días. Los castigados con su traslado desde Alepo, capturados tras de su fuga de aquellas minas, lo tienen bien seguro y desaconsejan cualquier intento, una vez han comprobado la situación de estas minas.

Sin embargo, el endurecimiento que me ha ido produciendo el duro trabajo de la mina y el contacto con estos brutales delincuentes ha hecho brotar en mi una fuerza vital nueva, un instinto animal de resistencia y de apego a la vida. En todo momento he guardado en mi pecho un ansia viva y tenaz de libertad, inasequible a cualquier desmayo o desaliento. La certeza obstinada de que en algún momento ha de llegar la oportunidad de huir de este infierno no me ha abandonado ni en los momentos de depresión más sombría. Por casualidad yo había obtenido una valiosa información sobre esta zona. En mis contactos con trajinantes nabateos, que hacían la ruta de Petra o de Esiongeber hasta Hierápolis, había sabido que últimamente se había seguido con éxito creciente otra nueva, más al sur y más llana, aprovechando la aparición de unas grandes fuentes, tras los temblores de tierra del año quince de Trajano. Yo había calculado cuatro jornadas hasta ese punto, de conseguir orientarme adecuadamente. Si lograba una noche de luna hacer una buena primera marcha en la dirección acertada, podría tener la seguridad de no ser perseguido y la probabilidad de encontrar alguna planta o alimaña con que alimentarme y evitar la muerte y así poder alcanzar la libertad anhelada. Durante meses y más meses la obsesión de la huida ha ido madurando en mi interior y diseñando soluciones probables, fijamente atento a las posibles oportunidades.

Una noche de luna era condición absoluta para una huida segura, pero eso no era más que un evento que se repetía cada mes. Cada mes comprobaba que el primero y único paso de mi proyecto de evasión resultaba inviable por mi situación al final de la jornada de trabajo en la mina. Los recién llegados teníamos que realizar los trabajos en la zona más honda de excavación de la mina. De esta manera, al acabar el día, sólo ya muy tarde salíamos al llano de los barracones.

Mis cavilaciones y mis cálculos sobre la huida, mantenidos insistentemente algunas temporadas, acababan, una y otra vez, en una oscura y amarga desesperación, al comprobar su inanidad y su sinsentido.

Con la lentitud del movimiento de este inmisericorde y crudo sol de Arabia pasan los días y los meses y los años sin otra novedad que la llegada frecuente de nuevos penados y la muerte cotidiana de los más débiles y agotados.

Un nuevo contingente de condenados se ha agregado a los tres centenares de los veteranos que resistimos en la mina. Son los castigados por las revueltas y los saqueos originados tras el incendio de Roma y las represalias ordenadas por Cómodo. Su llegada ha provocado una nueva distribución de las labores y de los puestos de trabajo. Se me ha abierto el cielo en todos los sentidos el primer día, al tocarme realizar mi tarea de paleador en la superficie de la mina. Como una fulguración he visto surgir en mi mente un plan completo y seguro de evasión. Tras cuatro años, mi anhelo de libertad se ha hecho proyecto seguro e inmediato. Sólo va a ser cuestión de esperar la coincidencia de un día de luna llena con mi situación oportuna en el extremo de la explotación.

CAPÍTULO SIETE

La diosa Fortuna ha querido que, al acabar la jornada, el final del trabajo nos haya sorprendido a una brigada de los paleadores en el extremo sur de la explanada de la explotación, donde se amontonan los escombros en grandes montículos. Mientras se alejaban mis compañeros, yo he podido disimularme con facilidad tras un hueco abierto en montón de mineral para resguar del sol el tonel del agua. He esperado a que cayera la oscuridad, seguro ya de toda vigilancia. Temblaba de tensión y de ansia. He escanciado agua en una de las garrafas de cuero que usamos para beber y, colgándomela al cuello, he salido a la aventura, guiado por un trazado imaginario, a mantener obsesivamente: descender hacia el suroeste sin perder la constante de la línea de oriente a poniente de la vía láctea.

Sólo acierto a recomponer aquella noche como un sueño. Anduve, anduve, anduve. La claridad de la luna me daba nuevas alas. La seguridad de los pasos bajo su luz aumentaba mi confianza, a pesar de que no había comido nada desde la hora de sexta. El rocío refrescaba increíblemente, de modo que apenas bebía agua. Ya el sol empezaba a tener fuerza, cuando decidí detenerme y tenderme, cubierto de arena y tapada la cabeza con la túnica humedecida con el mínimo de agua. Desperté cuando ya atardecía y proseguí inmediatamente la marcha. El ansia de libertad me enardecía; pero ya cuando Venus volvió a incitarme a vivir al nuevo día, sentí mis fuerzas terriblemente agotadas. No me iba a ser fácil andar muchos estadios más en cuanto saliera el sol, a pesar de que estaba seguro de que no me iba a faltar el agua. Pero la luz me aportó un sobresalto inesperado de alegría y de esperanza. Manchas de una especie de tamariscos aparecían dispersas, para hacerse, conforme avanzaba, más amplias y numerosas y más luminosa su floración blanca. Un grito loco de exaltación se me escapó de la garganta y una alegría salvaje me recorrió las espaldas como una sacudida telúrica. Procuré serenarme enseguida y no fantasear con una situación eufórica que estaba dando ya por asegurada. No sabía qué es lo que me podría aportar el inesperado alimento ni si, en definitiva, no podría ser dañino. Al gusto era dulce y agradable y no parecía ser pesado al estómago. Disponía todo el día para descansar e ir experimentando su fuerza alimenticia y mi propia capacidad para digerirlo. Tenía que asegurar si me iba a ser suficiente para las dos jornadas que me restaban o habría de optar por las raíces y las alimañas.

Al atardecer pude comprobar que el alimento y el descanso habían restaurado mis fuerzas más de lo que la que el feble alimento hubiera dado imaginar. Volví a emprender la marcha más sereno y con algo mayores fuerzas. En la túnica, atada en forma de saco, mantenía una reserva de flor y de las gotas que destilaba, en previsión de entrar en zonas más desérticas. Esta tercera noche mi paso era más firme y rápido, impulsado por el vigor que me había infundido tanto el alimento como la fuerza de la renovada esperanza. Sólo cuando el sol estuvo ya muy alto detuve mi caminar ansioso y descansé hasta pasada la hora nona, para proseguir mi andadura a la atardecida. A la segunda vigilia, sin embargo, sentí que me fallaban las fuerzas y me acometió una sensación de impotencia. Quedé como sin pulso, bañado todo el cuerpo en un sudor frío, la cabeza totalmente mareada. Traté con toda la energía del alma de no admitir el desvanecimiento que veía venir como una presión contra la frente, pero aun echado en la tierra, todo el alto cielo, cuajado de estrellas, daba vueltas en torno a mí, hasta que perdí del todo la conciencia.

No debió trascurrir mucho tiempo, cuando un tantán de panderos lejanos me devolvió a la realidad. No estaba soñando. Justo de la dirección que yo me había marcado venían sones festivos y las ráfagas de aire dejaban oír, entrecortados, los gritos inconfundibles de los camelleros nabateos en la celebración de la luna llena. La emoción me embargaba. Reía y lloraba a la vez, presa de sentimientos confusos y alborotados. En el momento más crítico de mi huida, cuando había llegado al último resto de mi esfuerzo y había perdido la conciencia de mí mismo, la salvación se me ofrecía como una sorpresa jubilosa.

Pero era peligroso dejarme ver y delatarme, aun cuando mi fuga de las minas no iba a ser nunca sospechada, ni creída su misma posibilidad. Era necesario mantener la cabeza fría y no echar a perder la última etapa hacia mi libertad. Opté por descansar hasta que la caravana reanudara su marcha, y tratar de recuperar los restos de alimentos abandonados en el oasis. Ahora mi orientación estaba definitivamente asegurada. No tenía más que seguir de cerca a la caravana. Su ruta era con toda seguridad la de Pithon-Heroopolis, ciudad que era también mi meta. Al remolino convulso de sentimientos y de impulsos, suscitados en mi interior en la encontrada situación de desesperanza por mi desvanecimiento, y de sensación de euforia por mi vuelta a mí mismo, como de un sueño feliz, despertado por los sones festivos de los caravaneros, ha sucedido un episodio febril y la impresión de estar levitando. No guardo plena conciencia de todo lo que me aconteció. Me moví como un autómata en aquellos momentos. Sólo recuerdo que una extraña exaltación y una renovada ansia de supervivencia me impulsaban a caminar ululando y lanzando gritos, como los dementes perseguidos por la chusma. Devorando raíces y alimañas, como un poseso, logré finalmente llegar a una zona habitada por los Pankas, despreciados como ofidiófagos y devoradores de ratas, pero hospitalarios y de amables costumbres. La acogida de los Pankas, compadecidos de mi estado lamentable, me ha permitido recobrar mi plena conciencia y mi equilibrio. Les guardaré eterno agradecimiento a la generosidad con que me han ofrecido alimento para el camino y me han proporcionado una túnica y unas sandalias. En cuanto a mi propósito de dirigirme hacia el golfo, me han desaconsejado seguir la ruta nabatea, árida y sin nada con que alimentarse para un hombre sólo y sin medios. Siguiendo su consejo, me he dirigido con seguridad hacia el ya venteado mar Rojo, hacia Clysma, en el *sinus immundus* que lo cierra.

CAPÍTULO OCHO

Han sido días diez días de duro caminar, alimentándome de frutos de los arbustos, rebosantes ya con la adelantada primavera, y de vainas de plantas comestibles, pero he logrado alcanzar la salvación y la libertad. La última pesadilla, real y brutal, de los años de prisión y de trabajo forzado, el hundimiento de mi fortuna y de mi vida, la afrentosa vergüenza del juicio y de la prisión en Arsínoe y la experiencia aniquiladora de la cuerda de presos se han esfumado, como los malos sueños, por el gozo de la liberación. Pero el esfuerzo desmesurado, que nunca hubiera creído posible realizar, me ha dejado extenuado y como obnubilado. La primera exaltación por la libertad ha acentuado el cansancio total de mi cuerpo y de mi espíritu. Una depresión infinita me aplana y me ennegrece todo el espacio de la mente. Tengo que reemprender la vida, pero un hundimiento cobarde y la más angustiosa ansiedad se han apoderado de toda mi personalidad. El agotamiento se ha transformado en aniquilamiento y siento como llegado el final de mi vida. Un sórdido desprecio de mí mismo se abate sobre mí como un cuervo agorero. Únicamente un árbol y una soga pueden ser la salida a esta oscura galería subterránea de mi alma. Pero la cobardía y la debilidad son más fuertes que todo otro impulso en mi personalidad; no tengo valor para tomar ninguna decisión.

Me he internado, al anochecer, por las calles de Clysma desiertas y oscuras, hasta que he hallado cobijo en el atrio de un templo de Serapis, y me he dejado caer inerme y rendido. Un rumor creciente de voces me ha despertado, ya levantado el día, del sueño en que me había sumergido, quebrantado por el hambre y el cansancio, agobiado por los horribles pensamientos que me habían inundado como una marea abrumadora. Una riada de gente se estaba concentrando ante la explanada del templo. Era inminente un gran acontecimiento. A él parecía acudir toda la ciudad, atraída por la fama de un filósofo estoico que acababa de desembarcar. El mismo Lucio Sículo venía a Clysma a hablar a la multitud. Desde su Sicilia natal, estaba viajando por todo el ecúmene y exhortando a las gentes a una vida moral y solidaria. Bajo Domiciano había tenido una iluminación de los dioses y había experimentado una conversión a la vida filosófica auténtica. Su gran elocuencia le había ganado una gran popularidad hasta entre las gentes menos cultivadas.

Una oleada de siseos ha recorrido, como la espuma sobre las olas, el apiñado mar de cabezas en la explanada. Todos los rostros se han dirigido expectantes hacia la escalinata sobre la que se erguía toda la apostura oratoria de Lucio Sículo. Inicia él su discurso con voz clara y vibrante, como los clarinazos de las legiones, que imponen un silencio total. Esa voz, educada y de un tono noble, posee una belleza y una calidez que atrae como la piedra de Magnesia. De pronto me siento embargado por una emoción nueva, la de la nobleza espiritual que desvelan sus palabras. Su discurso se desarrolla como un canto a la vida familiar y a la ternura de la crianza de los hijos, al trabajo honrado y fértil de los campos, al orgullo de la herencia paterna. ¡Estaba describiendo, me decía yo, hablando conmigo, la vida en el seno de mi propia casa en los años felices de mi niñez y de mi adolescencia! Lucio Sículo lo hacía gráficamente. Entonces, decía, estábamos recostados sobre un estrado cubierto de pieles y de hojas olorosas. La señora permanecía sentada al lado de su marido. Una hija núbil nos servía y nos escanciaba un vino dulce y añejo. Los hijos asaban carnes y se las iban pasando unos a otros. Yo me daba cuenta de todo lo felices que se sentían estas gentes y pensaba que, entre todas las que yo había conocido en las ciudades, ellos vivían la vida más grata y afortunada. *Cuánta verdad*, pensaba en mi interior, *destilan esas palabras*. Esa había sido mi vida en el seno de mi familia. Mi corazón era un rompeolas de emociones y de reminiscencias familiares.

La sugestión y el sonido a verdad de la palabra de Lucio me han vuelto a sacar a la superficie, desde lo hondo de mis recuerdos, para arrastrarme de nuevo a regiones todavía inexploradas de mi alma. Un remordimiento amargo, una atroz desesperación, como una suerte de visión infernal de mi vida depravada, se ha difundido, dentelleando lo más hondo de mi conciencia, hasta abismos donde nunca antes había descendido. Lucio Sículo ha emprendido después una diatriba violenta, como una tempestad procelosa de condenaciones, contra la exposición de niños y contra la prostitución que asola el Imperio. «Ah, y en esta cuestión de los promotores y dueños de burdeles», clamaba, «no hay que entrar en ninguna clase de discusiones. Es preciso condenarlos y excluirlos, precisando que nadie, ni pobre ni rico, puede servirse de negocio tan ultrajante e inmoral, ni recibir dinero tan deshonroso. Semejantes sujetos facilitan la unión de las personas en una relación, un comercio, más bien, sin amor, un deseo sin afecto, y todo por lucro. Esos cuerpos de mujeres y niños, cautivos de guerra o comprados a precio de dinero, ¡que no los expongan vergonzosamente en las casas inmundas de lenocinio que se encuentran a la vista de todo el mundo en todas las zonas de las ciudades, junto a la casa de los magistrados, cerca de los tribunales y de los mismos templos, en medio de los lugares sagrados!».

Toda la vergüenza que había sentido ante la mirada sorprendida de la gente por mi estado sucio y lastimoso quedaba absorbida ahora por una lacerante, insoportable, repulsa acusadora que me brotaba desde lo más profundo de mí mismo, junto con un horror infinito y un dolor lacerante.

No he advertido lo que ocurría a mi alrededor. Cuando, agotado por la lucha que se había desencadenado en mi interior, he emergido de mi ensimismamiento y he abierto los ojos, me he encontrado aislado en un desierto de soledad. Me he sentido, de nuevo, como inmerso en los infiernos. Todo el horror del averno y todo el odio de los dioses me parecía concitado contra mí. Todo su poder destructor y aniquilador me oprimía, como si la fatal Alé, de delicados pies, ejecutora de la voluntad de Zeus, soberano de los dioses y de la justicia, se hubiera posado sobre mi coronilla. Sin saber cómo, me he encontrado suplicando la indulgencia y el perdón divino.

¡Dios, a quien conozco, no conozco, muchos son mis pecados. Grandes son mis pecados. Los pecados que he cometido no los conozco. La atrocidad que he cometido no la conozco!

El impacto del discurso de Lucio Sículo ha calado en lo hondo de mi alma, y ha obrado una purificadora catarsis. La nobleza de vida de mi madre y de Máximo y mis hermanas se me aparecía ahora como recuerdo venerado, iluminado por un halo que parecía envolverme también a mí de nuevo.

He salido de la penumbra del templo débil y tambaleante. Instintivamente me he acercado al servidor del templo de Serapis, impulsado por un sentimiento de menesterosidad animal. El liturgo me ha mirado compasivo y con curiosidad.

—¿Quién sois, qué extraña mezcla de rostro de facciones de joven noble y a la vez de atezado beduino es la vuestra?

—Soy hijo de noble familia, de padre romano y de madre alejandrina.

—¿Pues de dónde venís, haraposo y macilento, como de haber pasado por arduas desventuras? ¿Cuál es vuestra procedencia?

Estoy vacilando, y no encuentro respuesta que me ayude a salir del paso. No la tenía prevista en mi confusión delirante de estos días.

—He sido víctima de innoble maldad, señor —he improvisado—, me he visto perdido en el desierto, al huir de una banda de traficantes de esclavos.

El servidor de Serapis se ha conmovido ante mi estado y ha sentido compasión ante mi situación desvalida. Me ha introducido en las dependencias del templo. Luego de haberme ofrecido una comida reconfortante, me ha animado a proseguir mi camino, poniendo en mi mano una bolsa de dracmas. Amablemente me ha acompañado después al pequeño embarcadero de la ciudad y me ha recomendado a unos mercaderes que navegan por el canal hasta Pitom Heroopolis.

Tras dos jornadas de navegación me he encontrado, indeciso y sin perspectiva alguna, ante el dique del pequeño puerto que se abre delante del mercado. Pero ahora, por lo menos, sabía dónde me hallaba, tras una semana de ansiosa inseguridad. Prestando algunos servicios a asentadores del mercado, he logrado unos dracmas con que dirigirme a los baños y adquirir ropa y sandalias. Pero no tenía ni sabía adónde dirigirme. No veía ningún camino. Todo lo andado hasta este momento de mi vida no tenía llegada. Todo lo que había construido se había desmoronado y me mostraba ahora su perversidad y su mentira.

CAPÍTULO NUEVE

Una llamada sonaba en mi corazón, el recuerdo de mi madre y de la casa, descubierta ahora como la única verdad de mi vida. Esa voz era mi única áncora en mi total naufragio vital. Valido de mi ascendencia paterna, me he encaminado a la posta militar y he consignado una carta de súplica de perdón y de acogida a mi madre.

"Antonis Longus a Neilus, su madre, muchos saludos. Yo siempre te deseo buena salud. No creas que te he olvidado. Todos los días ruego por ti ante el Señor Serapis. Pero he tenido vergüenza de presentarme en Karanis, porque me hallo mal vestido. Te escribo porque estoy desnudo. Te lo suplico, madre mía, reconcíliate conmigo. Por lo demás, tú sabes lo que me he ocasionado a mí mismo. He sido castigado justamente, porque sé que he pecado. Supe por Póstumo, que se encontró contigo en mi búsqueda, y que te contó todo lo ocurrido en mi mal momento. Sabes bien que yo prefiero perder la vida a deber a nadie ningún favor. Ven tú misma, te lo suplico. Quiero expresarte todo el pesar por lo que te he hecho sufrir".

La respuesta a la carta a mi madre me ha venido, tras dos largas semanas de espera, a Heliópolis, adonde me he trasladado y para donde la había suplicado.

Venía, firmada por Máximo, con la triste noticia del fallecimiento reciente de nuestra madre, de la que aseguraba había llorado mucho por mí. Junto con la respuesta, su corazón de hermano, que me había querido como padre, me remitía carta de pago usual de una cantidad de tetradracmas a cobrar en un banco de Alejandría.

CAPÍTULO DIEZ

Enseguida me he aprestado a viajar a Alejandría. La navegación por el brazo de Rosaid hasta la giudad se realiza con toda clase de comodidades. No ha habido dificultad en admitirme en clase de viajero acomodado, mediante la carta que garantizaba mi crédito. Ahora mi entrada en la ciudad, en este año segundo de Septimio Severo, no ha sido como en los años de orgullo, de riqueza y de abundancia. Una helada impresión de soledad me ha sobrecogido, a mis primeros pasos por la urbe. Esa sensación se ha hecho, tanto más hiriente, cuanto tenía una necesidad acuciante de comunicar mis nuevas ideas y mis nuevas vivencias. Se ha producido un vuelco total en mi personalidad. El impulso de búsqueda de una existencia nueva, de una vida filosófica que el discurso de Lucio Sículo y las experiencias acumuladas de años de vida malvada, de tragedias y de arrepentimiento, había provocado en mi interior, sigue todavía presente y urgente. Los días sosegados, trascurridos en Hierápolis a la espera de respuesta a mi carta, me han devuelto el equilibrio y la calma. Los primeros días en Alejandría me han reanimado y vuelvo a recobrar la serenidad. El tono vital y la alegría de vivir de su gente se me han ido contagiando poco a poco. Ahora puedo mirar con nuevos ojos y valorar la grandeza y la belleza de la gran urbe. Alejandría está en su cenit de mayor ciudad del Imperio, con más de trescientos mil ciudadanos, medio millón con los esclavos, comerciantes y gentes de paso. Resplandece la ciudad, la polis por excelencia, con el emporio de fortunas, de comercio y de industrias, de vías públicas bien iluminadas con alineadas columnatas y espléndidos edificios públicos. Los pobladores de las tierras del Nilo que viven en casas construidas con adobes de barro creen soñar, cuando acuden a la urbe en busca de trabajo.

Gobernada por la autoridad romana del Prefecto, con poder ilimitado, y del archidikaites, juez supremo *del* katalogueion, ofrece a sus habitantes libertad y seguridad en su vida y en sus negocios y actividades. Roma, decía siempre mi padre con orgullo, había aportado a Egipto seguridad desde el exterior, paz interior y prosperidad. Los de clase alta o de gimnasio y ciudadanos romanos son minoría. A la mayoría egipcia, los laokistái coptos y myos, se habían ido agregando, durante la etapa de los Ptolomeos, macedonios, griegos, anatolios, sirios, y judíos, comunidad numerosa e influyente, que goza de estatus privilegiado, con su guerousia de ancianos y jurisdicción propia. En la actualidad ha reafirmado su presencia, olvidada ya la cruenta matanza ordenada por el Prefecto Tiberio Alejandro, renegado judío, tras las revueltas del año segundo de Vespasiano.

La lengua griega universalizada y el derecho romano asumido han abierto caminos al comercio que se ha difundido hasta el Eúfrates y la India, con gran movimiento de naves y de caravanas y en variedad de negocios y de transacciones, especialmente de telas, de cristal, de perfumes, de piedras preciosas, de papiro y de marfil. A favor de la difusión de la riqueza, la cultura ha alcanzado los niveles máximos en la vida del Imperio. La afluencia de filósofos, pensadores y poetas, venidos de las más varias procedencias y favorecidos por mecenas generosos, ha creado una verdadera atmósfera cultural.

Alejandría se ha convertido en la capital del helenismo por encima de Roma. Su vida intelectual se centra en torno al Museion y en la gran biblioteca del Serapeion, impulsada por la floración de gimnasios y de escuelas filosóficas, de retórica y de declamación, de matemáticas y física, de geografía y de medicina. En ellos se elabora el pensamiento y la cultura del ecúmene y contienden las escuelas y las doctrinas. En la comunidad judía brilla una serie de pensadores bajo la influencia de Filón.

Mi proyecto de vida y mi confianza de encontrar modo de subsistencia y de oportunidad para mis planes de vida filosófica se centran en la permanencia en Alejandría. Me he hospedado provisionalmente en la pensión de una viuda que acoge pupilos de muy diversa categoría, desde asentadores del mercado a obreros del canal. La convivencia resulta curiosa. Todos se tratan familiarmente y conocen sus vidas y sus avatares. Uno de ellos Arsisio, copto procedente de Philotera y empleado de la iluminación pública, me ha mostrado simpatía y busca entablar conversación conmigo. Se ha dado cuenta de que domino su lengua y lo ha aprovechado para que le ayudara en cosas relativas a sus derechos en su trabajo. Su confianza conmigo le ha inducido a que escribiera una carta para su mujer que vive en casa de su madre en Tenytra. He accedido a su deseo a pesar de que, cuando me ha dictado su contenido, he sentido una repulsión que me ha dejado frío. Este es su mensaje: "Sé por tu hermano Erbio que estás sana y llevas bien tu embarazo. Si es niño, críalo, si es niña, la expones. Salud".

La inquietud espiritual y el deseo de una vida noble y filosófica me han hecho salir en busca de algún contacto con los ambientes de los maestros y de las escuelas. Muy pronto la diosa Fortuna me ha dado tener un encuentro con un filósofo estoico, llamado Panteno, originario de Sicilia. Interesándome por conectar con algún maestro o con algún núcleo de buscadores de vida filosófica, un charlatán de los que abundan en cualquier esquina, me había ponderado el prestigio de ese maestro.

—Panteno es un filósofo estoico que profesa una vida de ascesis y de alta moral, conforme a su doctrina.

—¿Y dónde lo puedo encontrar?

—Normalmente imparte su enseñanza ante el atrio del gimnasio octaviano.

En cuanto lo he localizado, he hecho por asistir a la charla que acostumbra a dirigir a un amplio grupo de muy diversa composición, que reúne en una pequeña ágora. Su tema ha sido la que juzgaba lastimosa división de las gentes en categorías, la mayor parte perteneciente al más bajo estrato social, más que por la pobreza, por su inopia cultural y materialista, limitada a la sobrevivencia y a la búsqueda de placer. Proponía el ideal de una vida noble, de cultivo del saber y de dominio de las pasiones. Pero incitaba, sobre todo, a una vida superior, de libertad espiritual y de dedicación a la filosofía y a la contemplación de las ideas y de la belleza.

El vivo interés con que escuchaba sus palabras, que estaban aclarándome los movimientos que yo seguía sintiendo bullir en mi espíritu, todavía agitado por las vivencias experimentadas en el templo de Serapis, ha debido de traslucirse en mi rostro. El sabio maestro lo ha observado y este hecho ha dado lugar a un encuentro personal con él, que yo estaba lejos de imaginar. Al acabar su discurso, el filósofo se ha dirigido afablemente hacia mí, y me ha preguntado si me interesaba su magisterio. Su intención proselitista iba mucho más lejos de lo que yo podía suponer entonces. Con sinceridad extraña en mí, suscitada por mi conmoción interior y por su afabilidad, le he descrito mi estado de ánimo, tras una vida inmoral y degradada. La acogida por su parte de mis confesiones ha superado totalmente cuanto puede esperarse de una persona por más noble y generosa que quepa imaginarla. Un tono humano nuevo, que nunca había percibido en nadie, me ha dejado pensativo. Mi condición de cives romano y mi formación humanística latina, me ha hecho entrar con más facilidad en sintonía con él. Todo ha venido, después de varios encuentros, a crear cercanía y simpatía mutuas. Enseguida se ha preocupado por mi situación, que amenaza con quedar desvalida, con el agotamiento de los recursos de que me ha provisto mi hermano. Hombre de un humanismo verdaderamente delicado, me ha recomendado a un noble didáscalo para ayudarle, como exegeta de efebos, en el gimnasio que regenta. Gracias al estipendio conque me va a recompensar puedo ahora vivir holgadamente.

Con la dedicación a la labor docente, que he iniciado, y a la búsqueda de un alojamiento estable para normalizar mi vida, se han pasado varios días sin tratar de encontrarme con el pedagogo Panteno. Cuando he querido contactar con él, nadie me ha dado razón de su paradero. Sin duda, se ha ausentado de Alejandría.

No he sido capaz de mantener por mucho tiempo mi dedicación a la rutina de la enseñanza en el gimnasio y de perseverar en la estabilidad de una vida normal y en mis inquietudes filosóficas. Los propósitos, formulados en una situación desesperada y debidos a una profunda conmoción, se han venido pronto abajo. Mis *dáimones* interiores han vuelto a surgir. Mi concepción de una conducta noble y filosófica había sido más que nada emocional y algo etérea, sin proyectos estables de normalización de una vida en la que se encauzara mi naturaleza turbulenta y desordenada. Definitivamente, estoy hecho para el azar y el capricho. Mantenía, aunque violentándome, mi ocupación pedagógica, mi única fuente de subsistencia, pero el resto del tiempo lo pasaba en la inedia más absoluta. Sólo la lectura de obras amenas o de carácter mitológico en el Serapeion entretenían mis horas sin otros alicientes. Permanecía en mí el horror a la prostitución, que había sido mi negocio y que ahora se me representaba reprobable y nauseabunda. Todavía me herían vivas las palabras reprobatorias de Lucio Sículo. Pero no tardé en tener un encuentro fácil para el desenfreno de mis pasiones, represadas por un tiempo. La condición resbaladiza y ardiente de mis instintos jóvenes se dio de bruces con la libertad y la desenvoltura libidinosa de una mujer abandonada por su marido. Nuestro encuentro tuvo lugar en los idus de marzo. Se iniciaba la temporada propicia a la navegación con la fiesta en honor de Isis, ya bajo el suave aliento primaveral. Desde los tiempos más remotos, las gentes del mar han consagrado a Isis el día en que se calman las tempestades del ponto proceloso y se hace propicio a la navegación. Se estaba celebrando la ofrenda a la diosa, como primicia de las nuevas singladuras, de una nave recién construida. En la comitiva ritual desfilaba la flor de la juventud, vestidos de blanco, y gran cantidad de mujeres, revestidas de los atributos simbólicos de Isis. Púberes muchachillas iban sacando de sus senos pétalos que lanzaban al suelo para alfombrar el paso de la diosa. En el alboroto que siguió tras la procesión, arremolinadas las gentes ante los pequeños toneles de vino con miel que ofrecían los poderosos armadores, vine a tropezar con Labia que, desenvuelta por el fervor de Baco, vino a caer en mis brazos, convulsos también por el desenfreno. La chispa fue enseguida incendio de pasión incontrolada que duró varios días. Pero no había proporción entre nuestras edades, entre mi pasión sana y sus resabiadas apetencias. Mi presencia en la casa de Labia carecía de verdadero aliciente y de dignidad.

Reclamado por el viejo pedagogo, mi patrón, volví a mis olvidados deberes en el aula. Pero mis demonios interiores seguían exigiéndome la recuperación de mi viciada libertad y me preparaban nuevas trágicas desventuras. No había pasado apenas un mes, cuando un día avanzada ya la noche, me dirigí a la casa de Labia. Me recibió con aire burlón y de engreída vencedora. Inmediatamente se dispuso a ofrecerme, escanciado en copa de ónice, una bebida de vino dulce con regusto de almendras amargas. Sacó luego un frasco de aceite perfumado y comenzó a ungirse y a frotarse provocadoramente ante mis ojos turbados. Una leve gasa cubría su cuerpo cincelado como el de una diosa. El narcótico me sumergió de repente en un vértigo de salvaje lujuria. Pero sus artes no surtieron el efecto deseado. Apenas efusiones y abrazos habían ofrecido su primer sacrificio a Cupido, apenas habíamos cruzado las primeras batallas de culto a Afrodita a cuerpo descubierto, y yo ya desfallecía cansado. El vino drogado, que me había ofrecido Labia, había hecho el efecto contrario al deseado por ella, y caí en un raro sopor y después en un sueño profundo y sosegado.

Me estaba dando a los ojos el sol, ya alto, cuando me he despertado. He salido de la casa con una sensación de euforia desenfrenada y un vivo sentimiento de orgullo. El regusto de la placentera batalla amorosa de la noche me producía una plácida impresión de felicidad, a la vez que una sensación de prepotencia. Sentía como una necesidad de respirar el aura marina y me he dirigido hacia el faro.

Pero ha ocurrido algo inesperado. La esquiva diosa Fortuna ha querido que me diera casi de bruces, ya casi cerca del puerto, al entrar en una callejuela, con uno de los viejos decuriones, el más ensañado en acusarme en el juicio de Arsínoe, que ya me habían prevenido había vuelto a Alejandría. El miedo a la delación y un acceso de cólera y de venganza me han salido de lo más oscuro de mis entrañas. Le he mirado altanero, fijamente, ante su sorpresa. No sé si me ha llegado a reconocer, pero la rabia me ha llevado a cogerle por la cabeza y retorcerle cl cuello, como había visto hacer a un gladiador, días antes en el circo. Sus huesos han crujido igual que el de los costados de una nave, y ha caído exánime. Una puerta se ha abierto de repente y la mirada desorbitada de un joven se ha clavado en mi rostro. Me he visto perdido, y he corrido velozmente hacia el puerto. Ha sido decisión de un instante y encuentro feliz con la ahora propicia diosa Fortuna. La mar calmada se acercaba a besar suavemente los diques. Una tartana ligera se estaba aprestando para zarpar. He averiguado que se dirige hacia el istmo de Corinto. El patrón no ha puesto inconveniente en admitirme a viajar, al presentarme como avezado *makimós*, sin más salario que la usual pacotilla. Con ella podría empezar a abrirme paso en Corinto.

A salvo y seguro en la nave, he procurado no dejarme ver. Al atardecer, algo alejada ya la nave del dique, he salido a cubierta a contemplar la puesta del sol sobre la inmensa ciudad. Sorprende la gran extensión del puerto, el abra cerrada del Kibotos, el cofrecito, al fondo del puerto oeste, donde se alinean trirremes, galeras, faluchos y tartanas y se carenan los cascos, que muestran sus roídas panzas, el Eunostos, el Heptastade, el gran espigón que separa los puertos este y oeste, y en el extremo el dominnte inmenso Faro. He permanecido embelesado, sin cansarme de admirar la grandiosidad de la Polis, hasta que al oscurecer han ido apareciendo las tenues luces que la distancia y la bruma marina han hecho palidecer hasta perderse su vista.

CAPÍTULO ONCE

Al amanecer la nave ha dejado atrás el puerto. En el momento en que se abría a alta mar toda la tripulación ha levantado las manos hacia Isis y los Dióscuros. No me he visto capaz de unirme a su gesto religioso; me sentía culpable y como en poder de Plutón y del mal. La nave era de poco calado, Salimos bordeando la costa. Eolo nos concedió viento euro favorable y mar bonancible. Los primeros días de navegación los elementos nos han sido propicios. Era delicioso dejarse mecer horas y horas por el cadencioso vaivén de la nave, con escasa atención a las pocas labores a desempeñar en una navegación plácida y rutinaria. Durante las largas perezosas horas de la siesta mis viejos *dáimones* han vuelto a agitarse en mi interior. Tenía que plantearme mi situación al llegar a Corinto. Como un chispazo, el proyecto de instalar en el istmo mi fácilmente hacedero negocio de lenocinio ha vuelto a brotar en mi mente. En el estrecho istmo la afluencia de naves a sus dos mares, y sus largas estancias en las invernadas, suministraban abundancia de carnaza de vagos marinos en total ostracismo. Afortunadamente, estos proyectos iban a quedar en pura ensoñación.

La sosegada navegación cambió al quinto día bruscamente. Una furiosa tormenta nos sorprendió ya a la vista de Chipre. El navegador intentó apartarse de tierra y bordear la isla, alejados todo lo posible de sus costas. Sus intentos resultaron inútiles. Aguaceros espesos y altas olas, que anegaban la nave y echaban a perder su carga de papiro y de tejidos finos, impedían la vista, muy avanzada ya la tarde. Se logró esquivar el cabo Pedalius y seguir por unas horas lejos de la costa. Pero el Noto, inclemente y furioso, se impuso a las maniobras de los impotentes pilotos y lanzó de costado la nave, desarbolada y destrozados los dos timones, hacia los arrecifes de Ciltium. «Dioses de las alturas», grité lleno angustia, «acudid en mi auxilio en este supremo momento de peligro, y tú, despiadada Fortuna, date por satisfecha de los tormentos que me has hecho padecer, y deja ya tu crueldad para conmigo». La vorágine me deglutió como una paja y perdí toda conciencia de mí mismo.

Cuando volví en mí, estaba sentado en la arena, tratando de incorporarme, medio cubierto de algas, rodeado de los ahogados devueltos por el mar. ¿Qué te ha podido ocurrir?, pensaba aturdido y burlándome de mí mismo como bebido. ¿Ignoras los vaivenes de la voluble Fortuna? Pero, en verdad, debía de estar delirando, pues apenas veía ni tenía conciencia de mí estado.

Un grupo de personas seguía reconociendo los cadáveres. Al verme vivo, me rodean compadecidos. Siento que me depositan sobre una sábana y entre cuatro me conducen a una vivienda cercana a la pla-

ya. El atrio de la casa ofrecía un noble aspecto, susten-
tado su techo por cuatro delgadas columnas. Daba
acceso a la casa una ancha escalinata de mármol de
Paros. Enseguida dos muchachos, apenas adolescentes, me han acomodado en un lecho confortable, después de lavarme y de darme de beber una copa grande
de leche, bajo la atenta mirada de una noble matrona.
El inmenso cansancio que pesaba sobre mí me hacía
sentirme como si fuera de plomo, pero el blando lecho
en que yacía me hizo caer en un sueño profundo y
restaurador. Hasta la hora de sexta del día siguiente no
fui dueño de mí, aun cuando a medianoche me habían
despertado para hacerme tomar una cra°tera de caldo
caliente. El carro del sol había superado el mediodía.
Ahora me encontraba molido y me dolían todos los
huesos. No acertaba a balbucir palabras y permanecía
embotado de mente. Me han recostado en un triclinio,
apoyándome en blandos cojines, y me han ofrecido un
sabroso condimento, que sentía me confortaba, conforme lo iba tomando. Medio erguido, trataba de explicarme mi situación. No acababa de comprender lo
que me estaba ocurriendo, ni entendía en qué lengua
hablaban estos cretenses trilingües. Sólo tenía la sensación de estar siendo tratado con una atención exquisita por la que parecía la dueña de la casa. La mirada
amable y la ayuda de los dos adolescentes excedían la
afabilidad que podría esperarse de los mejores amigos.

A lo largo de la tarde mi mente fue despejándose.
Intenté enseguida expresar de modo algo incoherente
mis sentimientos de gratitud y de admiración. Las
palabras me salieron de lo más profundo y no hablé en
el griego común habitual, sino en mi lengua latina

materna. La mirada complacida de los que me rodeaban me evidenció que mis palabras habían producido en ellos una nueva impresión de sintonía y de cercanía.

En estos momentos advertí una nueva voz y una nueva presencia en mi entorno. Un varón corpulento y de apostura totalmente romana me miraba también amablemente. Acababa de llegar a la casa después de una corta estancia en Pafos, la capital de la isla y residencia habitual de la familia. Él ha sido el primero que ha tratado de explicarme mi situación y asegurarme el ofrecimiento de su casa, mientras convalecía de mi lamentable estado de fuerzas. Su nombre era Cayo Julio, administrador del gobierno de la isla, y él y su familia eran creyentes cristianos. No tenía que preocuparme por nada, hasta que me sintiera restablecido. Se sentían gratamente obligados a tratarme en mi situación como si fuera uno de su familia.

Quedé sobrecogido ante palabras tan nuevas para mí, y confieso que no pude disimular mi emoción, favorecida por mi debilidad. No había oído hablar mucho de los cristianos. Es cierto que mi padre aludía siempre a ellos con elogio, recuerdo haber oído comentar en mi casa, y en Alejandría había empezado a rumorearse la presencia de filósofos cristianos.

Con la cena de la tarde comencé a alimentarme regularmente. Colocaron una hermosa mesa, taraceada de alerce y marfiles, delante del triclinio, que compartía ahora con los dos muchachos de la casa. Se me habían presentado como Marcos y Bernabé, nombre que me sonaba extraño. Enfrente se situaba el matrimonio anfitrión. Copas de cristal, artísticamente tallado, cubiertos de plata y finas fuentes, con los bordes recamados de diminutos pececillos, cubrían la mesa. Una joven camarera servía los platos y escanciaba el vino. Entremeses vegetales, carnes y pescado fueron siendo presentados en fuentes de aspecto apetitoso. Yo observaba con ojos admirados el continente apacible de toda la familia, que me rodeaba. Me admiraba la discreción con la que habían evitado dirigirme cualquier pregunta personal. La conversación se había iniciado con los comentarios sobre el naufragio, pero no incidió en ningún momento sobre mi procedencia o mi destino. Pero yo sí estaba intrigado por la razón de una actitud tan generosa y humana para conmigo. No pude menos de dirigir la pregunta, puesto que el padre de familia se había presentado como cristiano, si esta condición tenía algo que ver con su magnanimidad. Con expresión modesta y como pidiendo perdón, el dueño de la casa me aclaró que así era, en verdad, que su comportamiento conmigo no era más que el cumplimiento de la primera exigencia de la religión cristiana, el amor al prójimo y la compasión.

La conversación se animó con esa primera afirmación y la confesión de mis preocupaciones filosóficas, y se fue prolongando hasta muy entrada la noche. Pero me quedaban muchas dudas. Yo seguía considerando un sacrilegio la negación de los dioses y las prácticas inmorales que se atribuían a los cristianos.

Oscuros sueños me perturbaron toda la noche. Veía unas veces a mis amables huéspedes rodeados de la idealidad que mostraba su conducta para conmigo y otras participando en las perversas ceremonias cultuales de que se les acusaba.

Apenas amanecido, sentí necesidad de desentumecer mis miembros. La aurora extendía sus rosados lienzos e iba iluminando la arena de la playa, que besaban suaves las olas. A los pocos momentos me vi acompañado por Marcos y Bernabé, interesados por mi restablecimiento. Enseguida la conversación se centró en lo que había sido mi curiosidad durante la cena y mi obsesión durante la noche. Con humor juvenil fueron disipando mis prejuicios e instándome suavemente a informarme a fondo sobre la fe cristiana.

Durante el desayuno todos coincidieron en el ofrecimiento de presentarme a una comunidad de continentes, dirigidos por un mentor espiritual, que se dedicaban a una vida de ascesis y de oración. Daban por descontado que sería recibido, como ha ocurrido en casos similares al mío, con su habitual hospitalidad.

La verdad es que no me estimulaba especialmente la experiencia, pero ofrecía una salida, por lo menos por el momento, a mi situación, que no podía prolongarse sin desdoro de mi dignidad. Sin dudarlo y acuciado también por cierta curiosidad, he decidido aceptar la proposición.

En el momento de la despedida me ha salido de lo mejor del recuerdo de los sentimientos de mi vida familiar la expresión de mi profundo agradecimiento a todo lo que han supuesto estos días de tan generosa y amable acogida por mis huéspedes. En las miradas alegres de todos, al darme su adiós, he vuelto a ver reflejada la misma ternura que expresaban de dolor y de compasión, cuando me acogieron casi exánime y en lastimoso estado en la playa.

CAPÍTULO DOCE

En una ligera cuadriga, tirada por dos yeguas blancas, he ido ascendiendo con Marcos y Bernabé, que me acompañan, hasta las faldas del Citiun, donde los *monacós*, como han dado en llamar en Chipre a los que siguen el ejemplo de las vírgenes cristianas, se han instalado, junto al yacimiento del torrente Diorizos. El presbítero que está al frente de la comunidad nos ha recibido cortésmente y nos ha ofrecido calmar nuestra sed con agua fresca cogida directamente del manantial. Un diálogo cordial, iniciado por mis acompañantes, que han hecho mi presentación, y le han expresado mi deseo de compartir unos días con la comunidad, ha concluido con la invitación, franca y escueta de palabras, del presbítero a permanecer en la comunidad todo el tiempo que me agrade y a satisfacer mi deseo de conocer la enseñanza cristiana.

Brillaba espléndidamente la tarde primaveral. Tras la comida, muy sobria, a pesar de que se ha mejorado en honor de los huéspedes, el presbítero me ha invitado a salir a dar un paseo por el contorno. Ha sido una impresión nueva para mí descubrir este paisaje mediterráneo en la ladera del monte Citium, poblado de algarrobos gigantescos, de higueras, de almendros y de limoneros. Disuena entre su belleza la pobre construcción de adobes que habitan estos *monacós*. Me ha parecido deber elemental de cortesía darme a conocer a quien tan francamente me ha acogido y exponerle mi situación imprevista, tras la tragedia en el mar y el fracaso de mi propósito de llegar a Corinto. Mis intentos se habían centrado desde hacía tiempo en la búsqueda de una vida noble y filosófica, tras varios años de vida depravada. Ahora esa inquietud, he añadido, se ha incrementado, provocada por el encuentro con la familia cristiana que me ha salvado de la muerte. Mi vida, he resumido, ha sido truncada por una doble frustración, por una condena injusta y ahora por el naufragio. Esta es mi realidad actual. La peripecia de mis treinta años no tiene relieve especial, he concluido, cortando un poco bruscamente mi confidencia.

El noble presbítero me ha dirigido una mirada llena de comprensión y ha palmeado amigablemente mi espalda. Animado por su gesto, no he podido reprimir por más tiempo mi necesidad de conocer el misterio, que no dejaba de acuciarme, y le he planteado escuetamente mi pregunta.

—¿Quiénes sois y qué representa este modo vuestro de vida?

—Nosotros somos cristianos, seguidores de Jesús —me ha contestado. Un chispazo, como procedente de dos polos, ha pasado por mi mente. El nombre de cristianos me había causado siempre una repulsión instintiva, motivada por su ateísmo. Pero nunca había asociado ese nombre con el de Jesús, que ahora me sonaba en un contexto en el que me sentía como en la presencia de algo sagrado. Mi madre había solido referirse algunas veces, sin que yo parara mientes en ello, a la gran admiración que había mostrado siempre mi padre por Jesús, ante la veneración que mostraban por él algunos de sus compañeros veteranos, durante su estancia en Judea. Entre seguidores de Jesús me encontraba yo precisamente ahora, entre estos hombres sencillos y fraternos, pero con continente de filósofos, de sabios.

A mi aire de ausencia momentánea, concentrado en su respuesta, el presbítero ha detenido el paso un instante.

—Resultaría muy difícil contestar con pocas palabras a tus preguntas. Te será preciso, si tienes verdadero interés en conocernos, un largo período de tiempo para exponerte nuestra doctrina. Primero será necesario que observes nuestra vida y nuestro culto a Jesús, al Dios único, señor y creador, y destierres lealmente de tu mente los prejuicios y acusaciones calumniosas que pesan sobre los cristianos. Demos tiempo al tiempo.

Me está llevando mucho tiempo, verdaderamente, hacerme a la idea del Dios único, señor y creador. El sabio maestro de los *monacós* ha conseguido con sus razonamientos inapelables desmontar el panteón de la mitología, en el que se había desenvuelto mi mentalidad y mi religiosidad, por lo demás muy superficial. Me ha hecho ver con claridad la necesidad de la trascendencia de Dios, si se aceptaba su existencia como un postulado necesario. Mi inteligente mentor ha dejado pasar unos días sin atender a mis prisas por nuevas instrucciones, mientras reconvertía mi mente a la nueva visión de Dios y del cosmos, que tanto me ha insistido debía saber ver como destituido de toda supersticiosa sacralidad.

Por el respeto debido a mis huéspedes y a su generosa hospitalidad yo he estado procurando acomodarme totalmente a su género de vida, excepto en lo tocante a su práctica de oración y a las celebraciones de su culto religioso. Hay trabajo para todos en esta comunidad, en la copia de libros, en la pequeña granja, en el cultivo de la huerta y de la propiedad y en la elaboración de diversos géneros de cestos, que los *monacós* tejen habilidosamente con tamarices que crecen alrededor de las fuentes del Diorizos. Su venta es la mayor fuente de ingresos para su modesta economía.

Mi iniciación en el conocimiento de la doctrina de Jesús ha sido más lenta de lo que yo esperaba. No se trata de una simple teoría sino de una larga trayectoria histórica de desenvolvimiento de su contenido, primero como profecía y finalmente como cumplimiento de su realidad. Estos *monacós* tienen como práctica normal la lectura durante las comidas. En atención a mi presencia se ha leído durante unos días un documento, que forma parte de sus libros sagrados, llamado evangelio, escrito por un médico de nombre Lucas. No hay duda de que lo era, pues el comienzo de su libro es como un plagio del tratado de medicina de Dióscorides que poseía mi hermano Máximo. Yo, por mi parte, he dedicado largas horas a analizarlo detenidamente. Es algo totalmente nuevo, sin paralelo con cuanto yo había leído hasta ahora. Se me ha ocurrido compararlo con mis lecturas de Hesíodo, de Teócrito y Bión, de Valerio Flaco y las recientes de Apolodoro y de Apuleyo, y la diferencia es totalmente absoluta. Todo el libro de Lucas esboza la suavidad y la mansedumbre de una figura humana cuya imagen se va revelando imperceptiblemente como un auténtico dios.

Insensiblemente se han ido desenvolviendo los meses en el cenobio de Actión. Ha llegado el verano y yo también he participado en la siega del centeno y de la cebada, en la separación de la paja y del grano, a golpes de mazo, y en su almacenamiento en el silo, levantado sobre piedras de granito. Sorprende la bondad y la mansedumbre de estos terapeutas y la exactitud con que desarrollan cualquier trabajo.

Las largas horas de la tarde del verano han ido dando lugar a intensas horas de diálogo con el presbítero, que me ha ido introduciendo en los contenidos de la doctrina cristiana.

La vida nobilísima de estos *monacós* y sus altos pensamientos se me ha ido contagiando insensiblemente. Mis reflexiones están siendo monopolizadas por la figura de Jesús. Sin hacerme notar he asistido respetuosamente a la ceremonia que llaman la eucaristía. Todo ha sido una fulguración. De un modo que no sé expresar he sentido que Jesús estaba en medio de los *monacós* y que su presencia me envolvía también a mí. Ha sido la impresión de sentirme acogido como por un abrazo de amigo, una sensación inefable. He quedado sobrecogido, al modo como estos hombres, cuando se han comulgado en la fe total, con que lo hacen, con Jesús.

He preguntado al presbítero si esa experiencia, que había sentido, era la fe, que ellos viven tan naturalmente. Su respuesta no ha sido taxativa. La fe, me ha dicho, es un proceso de iluminación y de convencimiento, de convicción firme y de nuevas iluminaciones progresivas, además de adhesión a la persona de Jesús y de un modo nuevo de existencia. Me he fiado de sus palabras, pero no sé cuál es mi estado, por el momento, aun cuando quiero proseguir con nuevo interés en finalizar el proyecto que he iniciado. El presbítero, que es un hombre de una prudencia exquisita, ha evaluado mi situación. Con su habitual amabilidad me ha preguntado por mis planes inmediatos. El otoño es extremadamente frío en estas alturas, me ha dicho, y no es aconsejable para quien como estos duros hombres no ha abrazado este género de vida. Tienes toda la razón, le he dicho, yo también estaba pensando en que ha llegado el momento de dejar vuestra hospitalidad, aunque, la verdad, todavía no sé qué es lo que voy a hacer. El presbítero tenía previsto este momento, y me ha sugerido que, para mi completa iniciación cristiana, lo mejor iba a ser que compartiera un tiempo con la comunidad de los creyentes en la que denomina iglesia de Salamina. Me ha parecido una buena proposición. Su ofrecimiento coincide con mi propósito de proseguir en el intento de conocer a fondo toda la realidad de la vida cristiana. El mismo presbítero se ha encargado de facilitar ese proyecto. Por medio del hermano encargado del funcionamiento del cenobio, que se desplaza con frecuencia a Salamina, me ha conseguido acogida en la comunidad cristiana de la ciudad.

Antes de despedirme de mis cada vez más admirados huéspedes quise preguntarles qué relación existía entre la fe cristiana y su modo de vida, ya que había convivido varios días con una familia cristiana y se me había hablado de la iglesia como de una religión encarnada en la familia, en la vida cotidiana y en la sociedad. Yo sabía que existían en Egipto, al sur del lago Moeris, comunidades de terapeutas, hombres y mujeres dedicados a una vida de contemplación y de sabiduría, de gran continencia y de austeridad total. El buen presbítero me aclara que su comunidad, no tiene, realidad, nada que ver con las de los terapeutas. Su motivación y su estilo de vida no son más que un intento de imitar el modo de vida de Jesús, en su celibato y en su pobreza, que el maestro había aconsejado sólo a quienes se sintiesen interiormente invitados a practicarlo. Evidentemente, me quedaba todavía mucho que profundizar en el conocimiento del misterio cristiano, como el presbítero denomina a su fe.

Me ha acompañado a Salamina el hermano ecónomo de los *monacós* y me ha encaminado a una modesta casa en el barrio alto de la ciudad. Con la suave mesura que usan estos *monacós*, me ha presentado de parte del presbítero a un venerable anciano, al que se ha referido, recalcando la palabra, como título de su personalidad, el presbítero Diotrefes. El anciano ya estaba al tanto de mi venida y me ha acogido sonriente y con una suave amabilidad. Todo ha sido, inmediatamente, ofrecimientos y cordialidad. Como había concertado con el presbítero de Actión, a quien se refería con afecto especial, el anciano Diotrefes me ha asegurado con total franqueza y sencillez que podía desde este momento compartir con toda libertad su casa, que ponía a mi plena disposición.

La casa es una humilde vivienda, adosada a una sala dedicada a las reuniones de la comunidad cristiana. Ambas están al cuidado de una viuda piadosa. Mi acompañante y yo habíamos salido de la montaña al amanecer y nuestra llegada ha coincidido con la hora de la comida, en la que hemos sido invitados a participar los dos. Pronto, tras los primeros comentarios sobre mi vida con los *monacós*, la conversación se ha centrado en lo que constituye la razón de mi presencia en esta comunidad cristiana. En realidad, he comentado, ya he ido obteniendo un cierto conocimiento de la doctrina de Jesús, pero no he alcanzado a comprender qué realidades expresan palabras como la comunidad, la *ecclesía* y los presbíteros.

—Has tenido la experiencia de una familia cristiana y de una fraternidad de continentes. Pero la comunidad cristiana es una *ecclesía*, una comunidad de bautizados, hombres, mujeres, familias, presidida por un presbítero, que enseña la palabra de Dios, el evangelio de Jesús, y preside la asamblea de la eucaristía. Ahora puedes completar lo que ya has ido conociendo por tu instrucción entre los *monacós*. Esta comunidad es sólo una porción de la extendida por todas partes o católica, según la expresión de nuestra fe.

La iglesia de Salamina, he averiguado después, es una las comunidades cristianas más antiguas. Sus iniciadores fueron Pablo y Bernabé, que era chipriota, con Juan Marcos, que les servía de traductor a la lengua latina. Anteriormente, unos chipriotas, residentes en Jerusalén, habían creado algunas comunidades en Chipre, al dispersarse con motivo de la persecución que se desató con la muerte de Esteban. En Chipre los nuevos creyentes habían gozado de una tolerancia total por parte de las gentes y de la autoridad romana, desde el principio. El hecho de que uno de los primeros seguidores de Pablo fuera el procónsul de la isla, Sergio Paulo, contribuyó también a favorecer la primera expansión de la comunidad cristiana. Sin embargo, a la marcha del procónsul, el año primero de Tito, la diáspora judía, que gozaba de jurisdicción propia, acusó de hereje a Bernabé, que fue lapidado.

Durante varios meses he asistido con fidelidad, junto con el presbítero y la comunidad, a las asambleas del día del sol, en su primera parte, y me he dedicado intensamente a reflexionar sobre lo que también el presbítero define como el misterio de Cristo.

La dedicación a mi plena inmersión en la experiencia de la vida cristiana no podía llenar toda mi jornada. Por un tiempo, el recorrido por la amplísima Salamina, espléndida de monumentos fenicios, griegos y romanos, ha amenizado mis horas de asueto y mi afición por el arte. He dado largos paseos por la gran explanada en la que se extienden con gran amplitud el gimnasio, construido por Augusto y ampliado por Adriano, con su palestra anexa y el ajunto edificio termal. Muchas tardes, a la hora de la puesta del sol, he pasado momentos tranquilos y agradables contemplando desde los altos del graderío el gran conjunto del bellísimo teatro, con capacidad para acoger a quince mil espectadores, un proscenio monumental y una orquesta con pavimento de mármol, de veintisiete metros de diámetro. Desde esa perspectiva veía, al fondo y a escasa distancia, las dos grandes plazas, él ágora de la etapa griega y el foro romano.

Desde mi actual preocupación religiosa he tenido especial interés en conocer los templos más notables de la ciudad. He visitado y he podido ver con detalle los admirables templos, dedicados a Afrodita y a Zeus Salamino, testigos de la etapa griega. En varias ocasiones he entrado en el templo de Afrodita y me he mezclado con sus adoradores, observándolos atentamente. Contemplando el continente de las gentes y la actitud que mostraban en sus ofrendas a la deidad del placer y de la vida, me parecía encontrarme entre gentes alienadas de toda interioridad y conciencia de sí mismas. He experimentado la diferencia total entre el paganismo y la doctrina y la piedad cristiana. Sin embargo, no experimento el impulso hacia la fe. Sigo en mi ambivalencia innata e irremediable. He vivido momentos de admiración y de emoción ante la sublimidad de esta doctrina y la gran nobleza de vida de sus seguidores, pero no acierto a asentir con seguridad a esa creencia; me exigiría una reestructuración de mi mismidad, un cambio mental y vital absoluto, para el que no estoy hecho en mi inseguridad. He llegado, además, a un momento en que la indecisión me crea un desagradable malestar. Los días y las horas se me presentan largos y fastidiosos, a pesar de la luminosidad mediterránea y de la suavidad del clima, que los ofrece apacibles y gratos en isla, amiga de los vientos. Me puede mi congénita inestabilidad y mi resistencia a toda decisión y a todo esfuerzo de continuidad. Durante los días largos de la primavera la inedia y la falta de toda perspectiva se han ido apoderando totalmente de mí, y sumiéndome en una tristeza depresiva. Se me hace ya desagradable y ficticia la vida con el presbítero. Sin embargo, no desisto del todo en mi empeño y en mi ansia de verdad. Lo he comentado paladinamente con mi acogedor y bondadoso huésped. Él me ha escuchado con atención comprensiva, y me ha animado a proseguir en mi búsqueda.

—Puesto que tu vida se ha centrado en Alejandría —me ha dicho—, su ambiente de cultura te será lo más apropiado para tu personalidad y para tu intento de búsqueda de sabiduría y de fe.

Se ha difundido últimamente entre los cristianos de Salamina que Panteno, a quien tuve la ocasión de escuchar en Alejandría y cuyo pensamiento me produjo tan profundo revulsivo espiritual, ha puesto su vida al servicio de la verdad cristiana y había creado una escuela en la que la enseñaba al nivel de alta filosofía. No le ha sido difícil al presbítero Diotrefes reunir la cantidad suficiente para sufragar los gastos de mi pasaje y de mi primera instalación en Alejandría. La vida se me ha vuelto a iluminar con la perspectiva de vuelta a mi mundo de Egipto y a la fascinante Alejandría. He encontrado pronto la oportunidad de una nave que se dirigía a Paraetonium; desde allí resultará fácil buscar modo de trasladarme a polis

CAPÍTULO TRECE

Desde el momento de mi llegada a Alejandría no he retardado ni por un momento mi búsqueda de un encuentro con Panteno. Apenas desembarcado e instalado en mi anterior residencia en casa de la viuda Fotis, me he dirigido al encuentro del filósofo, para quien portaba una carta de presentación, junto con otra para el obispo Demetrio, en previsión de tener que necesitar alguna ayuda.

Panteno, en efecto, iniciaba en el año octavo de Cómodo un nuevo centro de estudio de la fe cristiana, diferenciado de la escuela catequética existente desde la aparición de una comunidad cristiana en Alejandría. Panteno, tras su conversión a la fe, estuvo un tiempo dedicado a su propagación en la India, donde tuvo ocasión de conocer el budismo y conectado con brhamanes y gimnastés, maestros del yoga. Había vuelto recientemente a Alejandría y había inaugurado una nueva escuela, que enseguida fue conocida como el Didaskaleion, en la que enseñaba la sabiduría cristiana desde las categorías neoplatónicas a creyentes y no creyentes de cultura superior. Le habían apoyado en su proyecto, como generosos mecenas, Ambrosio y su esposa Marcela, ricos e influyentes cristianos que necesitaban ver formulada su fe a nivel del pensamiento superior y defendida de los ataques de los paganos y de los gnósticos. Esta inquietud insatisfecha les había inducido, como a algunos otros cristianos, a vacilaciones entre su fidelidad a la iglesia de Alejandría y la sugestión de las doctrinas gnósticas que habían empezado a pulular últimamente.

La acogida que me han deparado Panteno y sus ayudantes ha sido de la calidad cristiana que ya tengo experimentada. Me ha reconocido al instante, guardaba perfecto recuerdo de nuestro encuentro anterior, y se ha interesado por mi vida, tras su marcha de Alejandría. Le sorprende enormemente la narración de mi convivencia con un grupo de continentes en Chipre.

—¿Sí, cómo algunas vírgenes cristianas que han empezado a vivir juntas? Es cosa inaudita en Italia y en Egipto.

Al conocer el motivo de mi interés por su magisterio, me invita a un amistoso diálogo acerca de mi situación, y me abre sin más las puertas de su escuela. Me muestra, además, una delicada atención a mi situación del momento. Ante mi respuesta indecisa, me ha sugerido si no me sería una buena solución para mi vida en la ciudad entrar a formar parte del equipo de hipometógrafos, de copistas y traductores, mantenido por Ambrosio, que colabora en las actividades del Didaskaleion. La escuela, en efecto, ha adquirido una importancia creciente y una influencia que se ha extendido en muy poco tiempo en Alejandría y hasta Antioquía de la Siria romana. La tolerancia de Cómodo con los cristianos ha originado la afluencia a la escuela de muchos oyentes interesados por su enseñanza y ha logrado hacerse presente en los medios intelectuales de la polis.

La minoría cristiana estaba siendo considerable en estos momentos en Alejandría y prestigiada por su conocida forma superior de vida y de sorprendente fraternidad. Sus didáscalos, aunque de escaso relieve inicialmente, hnn seguido la estela de Filón y de otros pensadores judíos, discípulos de Ben Sirac. La categoría y el prestigio de la inicial escuela catequética habían sido facilitados enormemente por cuanto el poderoso e influyente judaísmo local había abierto camino, desde los días de Ptolomeo VIII, asimilando sin reservas la cultura helenista. Rabís judíos habían traducido el Antiguo Testamento a la lengua griega, y habían aceptado sus categorías, creando una cultura hebrea en la lengua de la cultura helénica.

La enseñanza de Panteno, centrada sobre la ética y la religión, abarcaba una vasta *énkiklos paideia* de cultura general, y de conocimiento de los poetas y de los filósofos, especialmente neoplatónicos. Sólo se excluían las doctrinas de Epicuro. Sobre esas categorías filosóficas Panteno ha desarrollado una inicial teología cristiana. Su enseñanza se basa en la convicción de que la filosofía no puede demostrar los contenidos de la fe ni engrandecer ni elevar la certeza que la fe comunica, pero sí puede facilitar su formulación en las categorías propias del pensar crítico, poder ahondar en su inteligencia y lograr una explicación más perfecta de la forma con que se presenta al entendimiento.

Para mí, que sólo había leído a los estoicos, ha sido un descubrimiento inesperado la sintonía entre la filosofía y la cosmología neoplatónica y la doctrina cristiana sobre el Dios único y creador. Las lecciones de Panteno y mis conversaciones con sus discípulos me han abierto a una visión nueva de la cultura politeísta, y se han diluido gran parte de mis prejuicios contra la fe cristiana.

En el taller de copias y de traducciones del Didaskaleion he entablado una profunda amistad con Tito Flavio Clemente, un ateniense algo mayor que yo. Es fama que procede de noble familia. Iniciado, primero, en los misterios de Eleusis y profundo conocedor de sus arcanos, se hizo creyente y fue bautizado, luego de seguir el magisterio de notables filósofos en Jonia y en la Magna Grecia y de rabinos hebreos en Celesiria. Posee una gran cultura y es gran conocedor del helenismo, del judaísmo y de las escrituras cristianas, y escribe sus notas con aticismo exquisito. Clemente es el más apasionado seguidor de la enseñanza de Panteno. Lo denomina siempre la abeja siciliana, el que mejor ha libado la miel de su doctrina en los profetas y en los apóstoles, elaborando un tesoro de conocimiento cristiano. Panteno lo ha hecho su ayudante y muy pronto Clemente ha marcado una mayor impronta filosófica en la escuela, a la que está conduciendo con sus escritos a un nivel superior. Panteno le ha ido cediendo la dirección del Dudaskaleion, para hacerse cargo de la sección más catequética y de iniciación cristiana, que ha de atender cada día a mayor número de adultos convertidos a la fe. La enseñanza de Clemente es una serena lección de optimismo intelectual cristiano, basado en la fecunda alianza entre la fe y la razón, entre la revelación y la filosofía helénica, en la línea iniciada por Panteno.

Clemente ha sido mi amigo y confidente desde el primer momento de nuestro encuentro. Con él he compartido inquietudes y confidencias y mantengo asiduas conversaciones, pero no logro la seguridad de sus convicciones y de su fe. No acierto nunca a revivir las profundas vivencias religiosas experimentadas en mi etapa entre los *monacós*, y no me decido a solicitar el bautismo, a pesar de las amistosas exhortaciones de Clemente. La verdad es que el impacto de la enseñanza de Panteno y de Clemente me ha hecho acercarme a la fe, pero el efecto de la pluralidad de estímulos que flotan en el mundo sincretista alejandrino, doctrinas filosóficas griegas y orientales, maestros cristianos profundos, gnósticos brillantes, como Basílides y Carpócrattes, cuyos escritos trascribo para Panteno, como siciliano poco conocedor del griego, me mantienen desorientado.

CAPÍTULO CATORCE

Mi inestabilidad de carácter ha aflorado de nuevo y me está haciendo insoportable la rutina del trabajo en el taller de Panteno. Las dudas se imponen a toda seguridad en mis convicciones. Experimento el resurgir de mis *dáimones* de desorden y de anarquía moral latentes en mis adentros. Inopinadamente y como autocorrectivo ético, ha brotado en mi ánimo una insospechada nostalgia por Máximo y mis hermanas Corina y Fulvia y por el Karanis natal. Inmediatamente, con la facilidad de mis resoluciones, he determinado emprender un viaje al olvidado mundo de mi familia y de mi infancia.

Mi viaje ilusionado a Karanis, por la nueva vía imperial, ha sido feliz y rápido, pero ha terminado en la decepción más absoluta. No he encontrado a ninguno de mis hermanos, ni información alguna segura sobre su paradero. Sólo he podido averiguar que Máximo había vendido las posesiones familiares y había manifestado su propósito de trasladarse a Roma. En mis indagaciones he tenido conocimiento de la existencia en las inmediaciones de Jenoboskoion de una secta de seguidores de Valentín. Sin dudarlo, en mi afán de búsqueda, me he dirigido a su encuentro, se-

ducido por el prestigio del nombre del maestro gnóstico.

Mi encuentro no ha podido ser más afortunado.
Diodoro, que actúa como maestro de la secta, no ha
puesto ninguna dificultad ni condición alguna a mi
incorporación a la secta. Viven con total independencia, al igual que los terapeutas de los alrededores de
Tenthira, en las proximidades de Thebas, pero me
garantizan albergue, por el momento, en su centro de
reunión. Al comentar con el maestro Diodoro mi dedicación durante estos años a la traducción y a la copia en el Didaskaleion, me ha ofrecido participar en
un proyecto que es actualmente su tarea primordial.
Están reuniendo una biblioteca gnóstica, traduciendo
al copto textos de diversos autores, y mi preparación
en estas tareas les va a servir de gran ayuda. La favorable valoración que de mi labor de traducción y de mi
dedicación se ha reconocido en la secta me ha permitido instalarme con independencia. Me he acomodado
en una pequeña vivienda de construcción romana. Ne
atiende y cuida de la casa la viuda de un funcionario,
mujer diligente y discreta.

Estos gnósticos veneran a su maestro Valentín,
pero tras su ausencia han empezado a profesar también la gnosis vulgar egipcia. Aseguran que en todo
momento quieren permanecer dentro de la fe, y no
renuncian al nombre cristiano, pero las fuentes de sus
doctrinas son muy heterogéneas. El primer contacto
con los textos gnósticos ha sido decepcionante. Al
contrario que la enseñanza de Panteno, sistemática y
racional, estos textos son una amalgama de la mitolo-

gía con las escrituras cristianas, a base de elucubraciones formuladas en categorías tan lejos de la doctrina cristiana como el pléroma o el cosmos divino panteísta originario. El *Evangelio de la Verdad*, con el que he iniciado mi trabajo de traducción, no se parece en nada a los otros evangelios. No es una narración de los hechos y de las enseñanzas de Jesús. Es una buena nueva sobre el eterno y divino Hijo, la Palabra, cuyo autoconocimiento es transferido como conocimiento del Padre al gnóstico, que se convierte en hijo de Dios. Esa gnosis, por lo demás, es iniciática y reservada sólo a los adeptos a su búsqueda.

Pero mi frustración ha sido todavía mayor al tratar de conocer la filosofía básica de la secta. No parten del Dios trascendente y creador. Le he pedido a Diodoro, el mentor de la secta, que me aclare los fundamentos de su enseñanza.

—¿Cuál es el punto de partida de vuestra doctrina?

Con aplomo apodíctico, el maestro me ha resumido su teología y su cosmología fundamental:

—El origen de todo es la Díada innombrable, uno de cuyos elementos es el *Arrestos*, lo inefable, el otro *Sygé,* el silencio. Esta Dualidad emitió una segunda Dualidad; uno de cuyos elementos se llama Padre, y el otro Verdad. Esta Cuaterna produjo como frutos el Verbo, la Vida, el Hombre y la Iglesia.

La respuesta de Diodoro me ha trasladado a un mundo que me ha dejado alucinado. La mitología, que había constituido mi creencia incondicionada desde la infancia, la veo ahora sólo como el acceso a un mundo poético de leyenda, ya desmitificado para mí. La doctrina cristiana, era la insistencia constante de Panteno, no es una mitología ni es una tradición ancestral, es revelación divina a través de una historia de salvación. Pero no veo ningún sentido digno de aceptación racional a este pandemónium gnóstico. Se me escapa de dónde puede provenir su éxito, si no es mi propia inopia, la distancia en que permanecido de toda preocupación intelectual hasta el momento de mi crisis ante el templo de Serapis en Clysma.

Mi confusión mental se acrecienta, conforme observo la convicción con que estos gnósticos mantienen la maldad y la pecaminosidad intrínseca de la condición humana y su lacra irredimible. En su concepción religiosa no entra el concepto de redención, esencial en la cristiana. La gnosis es la auténtica moral y la sola purificación y la sola superación del trauma, que es el mal en la vida. Esta concepción de la condición humana hace que su moralidad sea en realidad una justificación ficticia de la degradación, de la promiscuidad y de la perversidad moral, tal como se practica en este ambiente. Mi resistencia moral nunca ha sido muy consistente. Insensiblemente he terminado por sumergirme en la permisividad total que me rodea. A su influjo, mi proyecto de vida superior y de castidad se ha desvanecido, y me he vuelto a encontrar de nuevo inmerso en mi ausencia anterior de freno moral.

Esporádicas aventuras amorosas y etapas estables de amor pasional y destituido de toda nobleza se han ido sucediendo, narcotizando y amortiguando en mi vivir toda dignidad. Me encuentro embotado y embrutecido. Mi trabajo de traducción, de la *Trimorphica proternnoia,* y otros escritos absurdos, se me hace insoportable, al cabo de estos dos años transcurridos en Jenoboskoion. De nuevo siento, irreprimible, el ansia de Alejandría.

No voy a resistir muchos días más en este alienante ambiente gnóstico que he tolerado más de lo que puede dar de sí mi inestabilidad.

He organizado mi vuelta a Alejandría por el Nilo, gozando de la placidez de su navegación corriente abajo. Ha sido un viaje ameno, contemplando el incesante tráfico que anima el río. Innumerables barcas y pontones, henchidas las velas, lo surcan sin cesar. Los klerujoi intercambian gritos de saludo. La barca, apenas quillada, navega al impulso de la vela y adelantamos a otras más minúsculas, cargadas de melones y pepinos, y de flotillas de chalupas cargadas de sal que reverbera a la cruda luz del día. El lago Marepois, un poco alejado a la izquierda, azulea vistosamente. En Schedia enfilamos a la izquierda por un canal recto y amplio que conduce hasta Alejandría. Bordeamos la ciudad por el sur y, pasando a otro canal que atraviesa el barrio de Rhakotis, entre el barullo del astillero, el vocerío de los mercaderes y las canciones báquicas que resuenan en las tabernas, salimos a la explanada del mercado.

CAPÍTULO QUINCE

Realmente, se había hecho de noche en mi alma en el círculo gnóstico del Alto Egipto. Un ansia de vida ha brotado de nuevo en mí, al encontrarme otra vez en la Polis. Una nueva aura de vitalidad me ha parecido también sentir respirarse en la actividad del puerto y en el movimiento febril que parece agitar a los alejandrinos.

Desde mediados del año pasado, el tercero de su acceso al poder, Septimio Severo permanece en Egipto en compañía de su hijo Caracalla, y ha procedido con gran decisión a reorganizar la administración entera del país, bajo la dirección del Prefecto Sebastiasnus Áquila. Está dispuesto a conceder la ciudadanía romana a todo el Imperio y quiere comprobar por sí mismo el funcionamiento de la provincia de Egipto, a la que va conceder plena autonomía, con jurisdicción directa desde Libia hasta la Arabia romana, Judea, Transjordania y Siria.

La acción política puesta en marcha ha sido para mí una afortunada oportunidad. Había necesidad de funcionarios para la ampliación de la administración y me he presentado al concurso. Mi reconocido ascendiente paterno y mi dominio de la lengua copta me han proporcionado un puesto de inspector en la inscripción de las gentes de los barrios, que se están elaborando, y cuento con annona militar. Puedo ahora vivir con holgura y gozar de casa propia, bien atendido por una buena sirvienta, tras años de vida inestable y desordenada.

Aunque me hallo alejado y desengañado de las doctrinas cristianas, he sentido deseo de visitar el Didaskaleion y de volver a encontrarme con los buenos amigos del escritorio. Clemente ha sido ordenado presbítero durante mi ausencia y sigue dirigiendo con gran prestigio el Didaskaleion y publicando nuevas obras.

Por el momento, mi apetencia religiosa está como estragada y mi nostalgia de la escuela es sólo algo reducido a la zona sentimental. Por lo demás, mis ocupaciones tampoco permiten dedicarme a cualquier otra actividad.

Mi labor en la inspección del censo ha concluido tras dos años de laboriosa dedicación. Mi buena calificación en servicios anteriores a la administración ha venido a ofrecer una nueva oportunidad a mi porvenir inmediato, un cargo oficial de importancia, y a dar nuevo pábulo a mi interés por la religión. El Imperio ha asumido siempre en todas partes el dominio oficial de cuanto se refiere al culto a los dioses. Existe en Egipto, desde el principio de la presencia romana, un sumo sacerdote de Alejandría y de todo Egipto, en realidad funcionario romano, que ejerce un teórico control sobre las organizaciones y sobre los cultos de la religión tradicional egipcia. El cometido de mi misión consiste en supervisar el estado actual de los templos, la legalidad de sus propiedades y la conducta de los servidores de los cultos.

Mi actuación en Alejandría se ha prolongado varios meses. No he tenido que tomar decisiones ni sanciones graves. Antes de seguir por la más poblada zona del Delta, he preferido dirigirme hacia el sur y he comenzado mi ronda de inspecciones por Arsínoe. Acompañado por una escolta de cuatro legionarios, he entrado en la ciudad con aire reivindicativo de las dolorosas humillaciones, sufridas de sus jueces. A tono con la dignidad de mi cargo, he mostrado magnanimidad extrema en el trato con los sacerdotes de sus templos y en la aprobación de la atención y del cuidado de todos ellos. Siguiendo en zigzag y sin detenerme en poblaciones menores y pequeñas *kommais*, me he detenido en Clysma, para mostrar al servidor de Serapis, que seguía en el templo, que seguía vivo mi recuerdo de su piadosa generosidad conmigo y permanente mi gratitud. En Karanis, en cuyos templos se observaba atención esmerada a su cuidado y a sus cultos, me he detenido gratamente sorprendido por las atenciones de amigos, a quienes tenía olvidados. Los recuerdos de infancia y de adolescencia, compartidos con mis coetáneos, han venido a añadir un nuevo impulso a la etapa de optimismo que estoy viviendo, dedicado a viajar por el país y desarrollando una actividad gratificante y compensada con la obsequiosidad de los sacerdotes y servidores de los templos.

La rutina de la tarea de inspección de los lugares y de las instituciones de los diversos cultos religiosos se ha visto interrumpida cuando aún no había pasado un año desde su iniciación. Desde Karanis habíamos navegado por el Nilo hasta la isla de Filae. Había recibido información sobre los grandes abusos cometidos en su espléndido templo, consagrado a Isis y recientemente embellecido por Adriano. La prostitución sagrada, practicada en sus dependencias, se había degradado en extremo, convirtiendo el templo en lupanar para los markimoi y los klerujoi del Nilo. Sin dudarlo un momento, apresé a los sacerdotes y los encerré en las dependencias del templo. Me estaba aprestando a embarcarlos para entregarlos al Nomon de la vecina Swenet, cuando la turba entera de los no muy numerosos habitantes de la isla se lanzó furiosa sobre mí y sobre mi escolta de legionarios y nos los arrebató, dejándonos descalabrados. Logramos salir hacia Swenet, para rehacernos de nuestras heridas y para presentar la denuncia del grave atropello.

No he logrado con la facilidad que era de suponer el reconocimiento de los hechos y su castigo adecuado. Nunca se sabe en qué va a acabar un proceso judicial, por claro que aparezca. El incidente supuso la interrupción y después la supresión de mi cargo de inspector. Los hechos tuvieron un eco legal tortuoso y largo, hasta el año once de Septimio Severo. La contraacusación de los servidores del templo de Filae de violencia contra uno de ellos, motivada por un incidente con un legionario de la escolta, vino a complicar mi situación. El sumo sacerdote de Alejandría goza de mayor grado oficial que yo y de alto prestigio social. Mis demandas se han vuelto contra mí, y me he visto desautorizado y declarado culpable del atropello al sacerdote acusador.

CAPÍTULO DIECISÉIS

Con lo ahorrado de mis salarios y de las dietas de los viajes de inspección puedo subsistir dignamente por un tiempo. La constatación de la variopinta y proteica realidad religiosa del país, tras la tan decepcionante experiencia del Nilo entre los gnósticos, me ha hecho reflexionar seriamente y me ha permitido valorar todo lo que de inmensamente más noble y más digno de un elemental concepto de Dios tiene la enseñanza cristiana del Didaskaleion.

La situación de la iglesia cristiana de Alejandría ha cambiado totalmente. Casi toda la comunidad cristiana ha quedado arrasada, tras la persecución de Septimio Severo, desencadenada durante mi estancia en el Alto Egipto. Clemente, especialmente buscado y perseguido, ha tenido que huir. El desmantelamiento del Didaskaleion ha sido total.

Pasado el huracán de la persecución, Orígenes ha reanudado la enseñanza iniciada por Panteno y elevada a gran altura por Clemente. Orígenes es todavía un joven de sólo dieciocho años. Introducido por su padre en las disciplinas helénicas de la *énkiklos paideia*, ha asimilado como nadie las enseñanzas de los maestros del Didaskaleion.

Acaba de pasar por la terrible experiencia de la decapitación de Leónidas, su padre, condenado el año octavo de Septimio Severo, por no acatar el decreto que prohibía cualquier propaganda cristiana. La madre y sus seis hijos han visto confiscados todos sus bienes. Pero el valeroso joven no se ha arredrado en ningún momento. Está dispuesto a sufrir él mismo el martirio, al que no dudó en alentar a su padre. "No vaciles de ninguna manera por causa nuestra, le escribía en una carta que le envió a la prisión". Reside en la casa de una viuda cristiana, que lo ha acogido, junto con el gnóstico Ammonio Saccas, el creador del neoplatonismo. Yo no había tenido apenas trato con Orígenes, pero me he decidido a entrevistarme con él, conmovido por su tragedia y por su audaz resolución de proseguir en la obra del Didaskaleion. Me ha recibido con gran afabilidad. Evidencia una calidad humana y una profundidad sorprendentes. En la conversación hemos compartido el recuerdo de los días del Didaskaleion y la mutua admiración por Panteno y por Clemente. No le he dado a conocer mi estancia con los gnósticos, pero seguramente ha sospechado algo, aunque no lo ha mostrado, al derivar la conversación a temas culturales. De verdad, Orígenes es de una personalidad impresionante. A pesar de su juventud, casi un adolescente, trasmite una seguridad en sí mismo y un aplomo que no he visto nunca en nadie. A la vez, muestra una fe y un vigor cristiano que me ha impactado. Su mirada penetrante, pero serena y no invasiva en absoluto, evidencia a todas luces una inteligencia superior y un gran vigor vital han comenzado a denominarle el diamantino.

En cada encuentro con Orígenes siento crecer mi admiración por él. Irradia algo mágico que seduce. Siento que el mero contacto con él ha hecho resurgir en mí, de modo más intenso, los sentimientos experimentados en mis primeros encuentros con los *monacós* y los cristianos de Salamina. Entretanto, mi apelación a la sentencia que me desposeyó de mi cargo de inspector del estado de los cultos en Egipto ha tenido pleno éxito, y he recobrado mi puesto con todos los honores. Inmediatamente he vuelto a mi actividad viajera en la zona del Delta y el dédalo de poblaciones que se extienden a los dos lados del último tramo del Nilo. Tres años interrumpidos por períodos de ostracismo, a causa de las crecidas del Nilo y de los temporales, se han ido deslizando plácidamente. La campaña emprendida alrededor de Crocodicópolis, con mayor lentitud por la dificultad de comunicaciones me ha llevado otros dos años. No he dejado de mantener contacto con Orígenes, que cada vez me ha ido abriendo el camino de la fe. La madurez que se ha ido obrando en mi interior, me ha impulsado a plantearme de una vez la orientación de mi vida. He aprovechado breves estancias en Alejandría, ocasionadas por mis rendimientos de informes y el cobro de mis annonas, para tener algunos encuentros con Orígenes. En amigables diálogos he ido formulándole las interrogantes que tenía sin resolver por falta de mi apoyo en certezas absolutas. Ocurre que la veleidad de mi carácter se trasfiere a mi inteligencia inestable y escéptica. Con su sagacidad y con una fina ironía ya me lo había insinuado Clemente. Orígenes, a quien se ha empezado a llamar simplemente el diamantino, por la fortaleza de su personalidad y por lo legendario de su actividad, me ha ido llevando a la convicción de la necesidad de certezas que viene exigida, afirma convencido, por la misma naturaleza de la inteligencia.

—Pero eso —le objeto—, es sólo un postulado, no una demostración.

—No, es una evidencia. Todo es inteligible y nada es arcano o misterioso, aunque no logremos alcanzar su pleno conocimiento. Desde el momento que existe la inteligencia, existe la inteligibilidad de la realidad. Esa inteligibilidad lleva a su manejabilidad y a la matemática y a la ciencia, que comprueban su capacidad de veracidad.

—Por fuerza ha de ser así, para no caer en el absurdo y poder abrir de esa manera el entendimiento a las certezas del saber y de la filosofía.

—Esa es la gran respuesta.

—Pero me queda por aclarar el paso a la sabiduría de la fe que se cultiva desde Panteno en el Didaskaleion. Te quiero formular directamente la pregunta: ¿Cómo encaja esa convicción del valor de la razón, para encontrar la verdad, en una fe, que admite un misterio superior?

—Déjame, Antonis, iniciar mi argumentación desde lo ya establecido anteriormente. El pensamiento y la filosofía cristiana parten de la preeminencia de la inteligencia y de la racionalidad, como fuente única de todo conocimiento humano, de toda verdad, muy por encima de la mitología, la superstición y el mito, que sólo son aproximaciones a la expresión de la verdad.

—Entonces, según esa afirmación, las ciencias suplantan toda mitología y toda magia.

—Estás en lo cierto. Es preciso basar toda la reflexión acerca de la naturaleza de las cosas sobre lo ya adquirido por los sabios, como Euclides y Claudio Ptolomeo, nuestro convecino, geómetra y astrónomo, autor del Almagesto, que demuestra la coincidencia de las leyes del pensamiento con la realidad del cosmos, que es inteligible y manejable, como te he dicho.

—Sí, pero queda todo el orden de lo que es misterioso.

—No persistas. Ese es el error que convierte en alienante todo el paganismo. Es preciso vaciar la mente de la cosmología mitológica, en que ha estado inmersa la cultura pagana, y librarla de esa infantilidad. Pero vamos a tu pregunta. Es muy distinto el fundamento de la fe cristiana. La certeza de la fe se basa en la intervención de Dios en la historia, en su autorrevelación a la humanidad.

—Si no lo entiendo mal el Logos de Dios, la inteligencia de Dios y su palabra, está por encima de la razón.

—Sí, su verdad viene a abrirnos al misterio de su ser, pero, además, a confirmar nuestras certezas y nuestras verdades. Verdad revelada y filosofía verdadera no pueden oponerse, porque tienen una fuente común, el Logos de Dios. Así como la Ley fue el pedagogo que condujo a Cristo a los hebreos, así lo ha sido la filosofía para los griegos, enseñaba Clemente.

—Pero si la fe es aceptación de la palabra de Dios, eso es un salto de la inteligencia en el vacío de su propio ámbito de certezas.

—No es así del todo, en absoluto. El maestro Clemente hablaba de la *akoluzía* de la doctrina revelada, de su homogeneidad y coherencia, que la hacen irradiar credibilidad e imantan la inteligencia.

—Sí, yo he sentido muchas veces ese sortilegio, pero no me parece suficiente motivación para creer y para dar la vida, como ha hecho tu padre y tú confiesas estar dispuesto a hacerlo.

—Tienes algo de razón. La verdad es que una motivación para creer, como la sola *akoluzía*, no estaría al alcance del común de los mortales, aun cuando en ese concepto entra una dimensión mística, la que se manifiesta precisamente en los mártires, hasta en niños y mujeres. Pero es que existe otra panoplia de argumentos que hacen razonable lo que tú has llamado el salto en el vacío de la razón en el acto de fe. La revelación divina ha venido como un largo diálogo de Dios con la humanidad. El autor de la carta a los Hebreos lo ha resumido así: "Muchas veces y de muchos modos habló Dios en el pasado por medio de los Profetas; en estos últimos tiempos nos ha hablado por el Hijo". La revelación ha sido una historia y una promesa de salvación en dos grandes actos; el primero ha sido profecía, que se ha cumplido en el segundo. Este cumplimiento, totalmente sorprendente y absolutamente innegable, constituye un argumento o por lo menos un indicio suficientemente persuasivo para inducir a la razón a asentir a la revelación.

—Es cierto, y yo me he sentido estimulado muchas veces a creer, incluso en algún momento he pensado que creía. Pero hay algo, en lo profundo de mí mismo que me ata a este mundo, a su cultura, a su forma de existencia, a mi romanidad, y todo esto excluye la religión cristiana y la hace ajena. El Imperio y las gentes la odian y la persiguen.

—Así es. Pero esto constituye un nuevo argumento a su favor. Nuestra profesión de la fe cristiana, siempre en inferioridad por nuestra opción por la mansedumbre de nuestro Maestro, no encuentra sólo la agresión de las masas paganas incultas y supersticiosas. La más dura es la entablada contra el mundo de la inteligencia, contra la cultura pagana dominante, basada en el mito, pero revestida de filosofía. Sienten por nosotros todo el desprecio que alientan contra los bárbaros. Pero se añade un misterio de maldad, hay una persecución latente por la ley *christiani non sint,* que es aplicada por los prefectos en cualquier lugar y ante cualquier incidente o denuncia. El Imperio admite y hace suyas todas las religiones. Sólo odia y persigue la cristiana. Hay un misterio en el odio a Cristo. Nadie odia a Budha ni a Confucio ni a Zaratustra.

—Sí, eso es un hecho.

—Más sorprendente, y si cabe, todavía más convincente, es el hecho del amor a Cristo. Nadie ama propiamente a esas figuras; sólo se las admira. A Cristo se le ama como persona viviente y se le ama hasta dar la vida por él.

—Realmente, la fe cristiana no exige sólo convicción, sino amor a Cristo y compromiso de vida. Eriza el cabello ver cómo tu padre y los otros mártires no han vacilado entre la abjuración de la fe en Jesús, con un simple gesto, y dar la vida por él.

—Ciertamente, Antonis, estamos todavía a medio camino, queda mucho que aclararte sobre lo que es la auténtica fe.

He dedicado muchas reflexiones, durante mis viajes de inspección, a cuanto ha venido siendo el tema de mis diálogos con Orígenes. La verdad es que esta visión nueva y estas certezas habían sido ya objeto de mis contactos con Panteno y con Clemente. Puede ser que ahora hayan encontrado mejor disposición en el asentamiento de mi personalidad. El magnetismo de Orígenes ha ayudado, sin duda, también a centrar mi inestabilidad.

Durante una estancia en Oxyrhyncus, detenido en mi actividad inspectora por unas fiebres, he tenido mucho tiempo para pensar en los pasos desde mi naufragio en Chipre. Estoy experimentando un proceso de acercamiento a una madurez y fijeza del pensamiento, a una adultez en mis impulsos interiores. Lo he visto claro, me era preciso seguir en el camino de reestructuración mental y de asentamiento de mi personalidad. Pero todavía no encontraba el suelo, donde basar la fe que estaba atisbando. Tenía que ver con más claridad el tránsito de las certezas, que había asimilado, al asentimiento y al compromiso que conduce a la fe.

En un nuevo encuentro con Orígenes ése ha sido el objeto de nuestro diálogo.

—Tienes que partir, Antonis, de que la fe es un don de Dios. Hablar a alguien es darse a Él, de alguna manera, hacerle el ofrecimiento de sí. Hablar Dios a la humanidad es donarse a cada uno personalmente, es puro don gratuito suyo e invitación a una respuesta. La fe no es, pues, sólo asentimiento a Dios, sino aceptación personal de Dios, acto religioso de la voluntad. Lo que tú has denominado el salto de la razón a la fe es un encuentro personal con Dios, es una transformación vital a un nuevo modo de vivirse a sí mismo ante Dios, religado a Dios.

—Si no lo entiendo mal, la fe es un acto religioso, un acto moral, un situarse ante la presencia y la mirada de Dios.

—Veo que estás tocando el fondo de lo que es el acto de creer.

—Me ha llevado a esta conclusión tu afirmación de que la fe es una transformación vital. Entonces la fe está exigiendo una previa conversión del mal que pesa en la conciencia.

—Digamos que son dos cosas simultáneas. El situarse en la presencia de Dios, que es la fe, es reconocerse pecador, necesitado de salvación. Eso, Antonis, es la fe. ¿Recuerdas en qué termina la confesión de fe de Pedro en el Evangelio, apártate de mí, Señor, que soy un pecador?

He interrumpido el diálogo con Orígenes y me he alejado casi bruscamente. He sentido pudor de dejar traslucir la profunda conmoción que su insinuación a la confesión de pecador de Pedro me ha producido. De repente me he visto en el pórtico del templo de Serapis en Clysma, cuando el recuerdo de la maldad extrema de mi vida me abrumó, cuando tuve alguna conciencia de estar ante el misterio de Dios.

No he querido tardar en volver a encontrarme con Orígenes. Tenía necesidad urgente de confesarle que creía haber formulado en lo más hondo de mi alma una sincera y dolorida recusación de las maldades de mi vida y una verdadera profesión de fe en el Jesús que me había insinuado su llamada y su presencia, estando rodeado de los *monacós* en una celebración de la cena.

Esta vez la entrevista con Orígenes ha tenido un tono nuevo. Me he encontrado con él sin la actitud defensiva que me impedía captar toda la cercanía y toda la cordialidad que me mostraba. La expresión de su alegría ante la manifestación de mis sentimientos de fe me ha hecho comprender la hondura de su amistad. Ha sido un encuentro en el que la emoción ha embarullado en algunos momentos la narración de mis vivencias de fe y de mi propósito de recibir el bautismo. Orígenes no me ha dejado seguir, cuando he intentado confesarle las maldades de ni vida, pero me ha insinuado que sería muy saludable que lo hiciera con

algún presbítero, antes de disponerme para el bautismo.

CAPÍTULO DIECISIETE

Orígenes se ha propuesto la elaboración de una gran edición a seis columnas de las Escrituras: del texto hebreo, de una transliteración griega de ese texto y de cuatro versiones autorizadas vigentes, para precisar al máximo la exactitud crítica de una buena versión griega. Para esta obra y para la publicación de sus libros y de sus homilías, Ambrosio, el más fiel amigo y admirador de Orígenes, ha puesto a su disposición siete estenopistas y copista, papiro y todos los recursos necesarios. Yo voy a colaborar como supervisor de su trabajo, sin dejar de atender a mi empeño del cultivo del conocimiento profundo de la filosofía cristiana.

Las magistrales lecciones de Orígenes, difíciles de seguir por la profundidad y la abundancia del torrente de ideas y puntualizaciones de su discurso, me llevan a la necesidad de aclaraciones. En frecuentes diálogos le sigo proponiendo mis dudas, que él acoge con benevolencia. Al final de una conferencia he hallado ocasión para plantearle una cuestión que me inquieta.

—¿A qué se debe el éxito que está teniendo el neoplatonismo en los ambientes superiores de la filosofía?

—A su apoyo en la continuidad en la inercia del paganismo, en la solera de esa cultura que sigue impregnando toda la vida. Los neoplatónicos, Antonis, han tratado de reanimar la religiosidad de los dioses, de impregnar de sentido religioso su filosofía y de restaurar, mediante sutiles metáforas, los absurdos y los desafueros morales de las mitologías. Pero su empresa está destinada al fracaso. Sus esfuerzos por desmesurar, por ejemplo, la figura de Hércules, sanador y bienhechor, a quien los cínicos, sobre todo, han encumbrado desde su vulgaridad a la representación de Helios o de Mitra, resultan absolutamente vanos. No tardará mucho en imponerse la figura de Jesús sobre todos los mitos y sobre todos los maestros. La preeminencia de Jesús sobre los héroes del paganismo es absoluta. Grandes personalidades, como la de Sócrates o Pitágoras, Apolonio o Apuleyo, no llegan a las sandalias de Jesús.

—Tengo la firme convicción de esa superioridad de Jesús, pero también se me impone una impresión de que la doctrina de la fe aparece como una luz intensa, pero sólo como un faro que no vence a la gran nebulosa envolvente del paganismo.

—Has dado con la palabra exacta, la gran nebulosa. El fundamento más hondo de la filosofía y de la cosmología vigentes es un mito, el mito del eterno retorno. Es una cosmovisión que ves representada por la serpiente que se muerde la cola. En la India, como nos hizo ver Panteno, ese retorno está retrasado a ilimitados ciclos de milenios, pero es retorno, al fin. La superioridad de nuestro pensamiento sobre el del paganismo y su diferencia radical con él se centran en la superación de ese eterno retorno, en que se basa el pensamiento del helenismo y del que tampoco se han librado las cosmologías budistas. La revelación divina ha introducido una luz nueva que ilumina las grandes concepciones del pensamiento. En este orden del origen del cosmos nosotros podemos aportar, como novedad el descubrimiento de la historia del cosmos. En el principio era el Logos y todo ha sido hecho por Él. Por eso es cosmos, concebido como obra inteligible, regida por leyes mensurables. Todo comienza con la creación, acto libre de Dios. El hombre es criatura de Dios, a su imagen y semejanza, con un designio de vida y de esperanza de vida para siempre. Porque hay también un final de la historia de la humanidad, destinada a una nueva existencia.

—Hablando de superioridad entre paganismo y verdad cristiana, ¿de qué aportación a la antropología filosófica del helenismo puede alardear nuestra doctrina?

—De un descubrimiento realmente deslumbrante, de una categoría totalmente nueva, el hombre es prójimo del hombre, amable con amor absoluto. En el paganismo es el *eros* quien crea el encuentro, un amor que, en el fondo, es egoísmo, es utilización del otro. Aristóteles acuñó la palabra *filía,* para designar la amistad, el amor generoso al amigo, al otro por él mismo; pero no lo vio posible más que entre dos o tres. Nosotros hemos tenido que crear la palabra caridad, para designar el nuevo amor universal. El prójimo es la gran revelación aportada por Jesús.

Muchas de mis experiencias siguen interfiriendo en la claridad de la vivencia de mi fe. De mi estancia entre los gnósticos, cuyos desvaríos descarté muy pronto, me han quedado algunas dudas. Le he planteado a Orígenes la fundamental.

—Los gnósticos no admiten el Antiguo Testamento, que encuentran muy contrario al Nuevo.

—Sólo la lectura cristiana del Antiguo Testamento descubre y autentica su verdad. Para nosotros, Antonis, los dos Testamentos son un Nuevo Testamento. Lo que en el Antiguo está latente en el Nuevo se hace patente. El Antiguo Testamento es una profecía del Nuevo.

Mi fidelidad a la fe y a la vida cristiana se ha visto muy estimulada por el ejemplo de Orígenes y de algunos de sus discípulos que han aceptado el consejo de Jesús de su seguimiento en el celibato. Me había impactado intensamente en mis días en Chipre la nobleza de continente y la libertad de tensiones que reflejaban los *monacós* del monte. Su recuerdo me impulsaba también a seguir el celibato, tanto más, cuanto el rechazo a la perversión de mi vida moral y el horror al crimen nefando del comercio de la prostitución habían pesado como una losa en mi conciencia, cuántas veces sentí el ansia de una vida noble.

Mi decisión se me imponía ahora como una exigencia más de mi profunda vivencia de la fe y de mi

ya madura edad. Pero esta decisión se ha visto pertur-
bada momentáneamente por un inesperado distanciamiento con Orígenes, motivado por una incomprensi-
ble decisión suya que me ha herido en lo hondo del
alma. Estaba siendo acusado por algunos de leer los
evangelios como una alegoría de la encarnación del
Logos, traicionando la fe de la iglesia y la de su padre
Leónidas. Su reacción ha sido radical. Tomando al pie
de la letra el pasaje del evangelio de Mateo: "Hay
eunucos que se hicieron tales a sí mismos por el
reino", ha reafirmado su profesión de fe y su celibato,
y lo ha efectuado literalmente, sometiéndose con crudeza a su eviración. El hecho ha causado admiración
en algunos, pero ha sido motivo de controversia y de
reprobación en los más. Yo he experimentado cierto
horror y me he sentido distanciado del maestro, a pesar de que lo considero un santo y un verdadero genio.

A esta situación, que ha sido una tragedia para
mí, se ha añadido la tormenta política y social que se
ha abatido sobre Alejandría el año sexto del reinado
de Caracalla. El cruel Emperador ha asesinado alevo-
samente a su hermano Geta. Al saberse muy ridiculi-
zado en Alejandría, el violento fratricida ha organizado una atroz matanza en la ciudad y creado un caos
económico y una gran penuria que lleva a la decadencia al Museion y a los demás centros del saber hele-
nístico. La crisis se abate también sobre el Didaskaleion. Ambrosio, que ve amenazados sus bienes, ha de
huir a Cesarea, para salvarlos.

En la situación de ánimo de tristeza y de decepción por la tragedia de Orígenes me ha sorprendido

una imprevista amenaza de muerte. Yo también he tenido que huir de Alejandría, donde todos los anteriores funcionarios estaban siendo eliminados sin compasión. No me he sentido con ánimo para despedirme de Orígenes. He experimentado como una especie de acobardamiento y no me he decidido a presentarme ante él.

Estos acontecimientos me han sorprendido en mis ya cansados cincuenta y cinco años y se ha apoderado de mí una gran depresión de ánimo. Una nueva crisis me ha asumido en la duda y en la indecisión, y me siento otra vez en manos de mis fatales *dáimones* recidivos, que me han desposeído del optimismo vital que me había trasfundido la fe y el contagio con el vigor cristiano de la amistad de Orígenes.

Por suerte, el ansia por salvar mi vida y la necesidad de búsqueda de seguridad me han hecho reaccionar de mi abatimiento. La fe, a la vez, me ha reanimado y me ha impulsado a una oración intensa y confiada que me ha serenado. Pero tenía que plantear mi huida a algún lugar donde pudiera encontrar refugio, por el momento. He pensado enseguida en Karanis. No sólo contaría con el conocimiento de la zona, sino con la seguridad de una acogida benévola de los sacerdotes de Amón y de Sobek. Sin tiempo que perder y sin siquiera poderme despedir de nadie, para evitarles compromisos, he optado por la vía rápida y sin vigilancia del Nilo y me he embarcado hasta Elephantine a pocas parasangas de Karanis. Durante las largas jornadas, mecidas por el constante gemido de los remos, he rezado pronunciando a su ritmo el nombre de

Jesús. Como un relámpago ha surgido de repente en mi mente, al sentirme cerca de esta zona, cuyo fanatismo pagano he tenido la ocasión de comprobar, la idea de dedicarme a redimir a sus gentes de esa esclavitud y anunciarles el evangelio de Jesús.

Ya tranquilizado, al sentirme más seguro, me he dirigido al templo de Sobec. El anciano sacerdote Escenutes se ha mostrado humano y acogedor, pero me ha desengañado prudentemente de mi plan.

—¿De veras piensas que esta ciudad, donde eres muy conocido, es un buen refugio para ti? ¿Por qué no te acoges, mientras pasa la represión, a alguna secta de terapeutas de la zona de Elephantine? Son muy respetados por todos, y no levantarías ninguna sospecha viviendo entre ellos.

Pero no me decido, como había proyectado, a integrarme en alguna comunidad de terapeutas, mientras pasaba el peligro, aun cuando se ha mostrado muy acogedor el mentor de la primera a la que me he dirigido. He comprobado, compartiendo una de sus reuniones, la altura de su ideal de una existencia en permanente dedicación al pensamiento y a la contemplación, pero su género de vida es extremadamente austero; sólo toman alimento una vez al día, al atardecer, a veces ayunan dos días seguidos, y sólo hacen una comida completa la noche del sábado en la reunión comunitaria. Mi mentalidad y mi edad no me permiten a mí seguir un ascetismo tan radical, como el de estos terapeutas. Panteno había sentido rechazo por lo que juzgaba inhumano de los brhamanes y yoguis de la India. Sí puedo acomodarme a un austero modo de vida, como el de los *monacós* de Actión, al que me habitué fácilmente.

El encuentro con los terapeutas y el trato con algunos de ellos me ha deparado una inesperada oportunidad. He simpatizado cordialmente con Dióscuro, un noble joven de Selacia. Me ha ofrecido su amistad al primer momento de nuestro encuentro y, a pesar de mi resistencia, me ha invitado a compartir su vivienda. Sólo cuenta veinticinco años, pero posee el aplomo y la seriedad de un hombre maduro. Enseguida pensó en ofrecerme vivir en su compañía.

—Al conocer tu trayectoria, por las palabras con que te ha presentado nuestro mentor, he pensado en que podíamos ayudarnos mutuamente, pues yo también estoy cerca de la fe cristiana. De la misma manera que yo, también Dióscuro ha pasado por las doctrinas gnósticas. Ahora está reiniciando un camino de gran pureza espiritual.

—Tengo en mi poder —me dice al mostrármela—, la obra del cristiano Ireneo de Lyón *Contra las herejías* y estoy comprobando la solidez y la *akoluzía*, la coherencia de la fe en Jesucristo y de la moral de sus seguidores.

Enseguida ha brotado entre nosotros una gran franqueza en el trato y en el diálogo sobre nuestras búsquedas. Por su inteligencia, su lucidez y su equilibrio, me he podido dar cuenta de que su presencia entre los terapeutas solamente respondía a su deseo de soledad para el discernimiento de su opción religiosa. Mi talante y mi edad, y las experiencias acumuladas en mi pasado, le han impresionado muy favorablemente, y se ha mostrado muy receptivo a mis opiniones.

Sólo he permanecido con Dióscuro dos semanas, a pesar de que nuestra convivencia ha sido muy grata y amigable, pero tengo que estabilizar más mi situación, le he explicado, para dedicarme a mi proyecto evangelizador. Estoy seguro de que nuestro encuentro y nuestra amistad no serán efímeros.

Poco a poco mis planes de proselitismo cristiano se han ido definiendo. Por de pronto, tendré que contar con una base, siquiera mínima, de comunidad. El primer paso va ser iniciar el modo de vida de los *monacós* de Chipre, cuyo recuerdo siempre he sentido como una invitación a seguirlo, desde mi conversión a la fe cristiana. Intentaré ganar algunos seguidores entre los terapeutas. Hombres espirituales y de altos pensamientos, como Dióscuro, son los naturales candidatos para mi proyecto.

He comenzado por tantearme a mí mismo, si estaba seguro de mi propia ejemplaridad para ofrecerla a quien decidiera venir a compartir la vida de *agapeto* conmigo. Esta vida, me había enseñado el Presbítero de Actión, supone unidad en la profundidad de la personalidad. El monje es el unificado, el *monacós*. Su primera condición es el celibato. De esa manera puede ser todo para Dios y vivir la serenidad y la paz del alma, la *exyjía*. Creo que mis últimas dolorosas experiencias y mi intensificación de una profunda oración me han llevado a esa situación. El mismo distanciamiento de todo, por mi situación de perseguido, y aun del mismo Orígenes, de quien estaba dependiendo excesivamente, me ha hecho sentirme más libre y despojado de todo. Mi primera providencia ha sido la búsqueda de algún predio, parecido al de Actión, donde la comunidad proyectada pueda desarrollar su vida y quedar garantizada su subsistencia. En todo caso, esto siempre será una apuesta con la providencia. No me ha sido posible dar en el entorno de Elephantina con un terreno adecuado para mi proyecto. En la otra margen del Nilo, en Syeme, he encontrado un predio apropiado. Con los últimos recursos que me quedaban he adquirido una granja y el terreno que la rodea de unos cien ples o aroras, como dice el vendedor. Sólo con larga paciencia he conseguido un precio aceptable, a pesar de la generosidad de mi oferta. Estos lakistai coptos, además de tacaños, son muy reacios a desprenderse de lo que han heredado.

He empezado por restaurar la vivienda para adaptarla a su nuevo destino y dotarla de una capilla. He pasado unos días muy fatigosos, pero aliviados por la ilusión que me animaba, dedicado a un trabajo que nunca había realizado, hasta que fui aleccionado para él en mi estancia en Actión. He ido subsistiendo con algunos productos que quedaban en la granja. He contado con la colaboración de Menas, un *laokistós* vecino, para dejar preparadas las huertas para próximas cosechas.

Mi primer pensamiento, al instalarme en la nueva mansión, ha sido tratar de averiguar la presencia de algún presbítero en la zona. En mi etapa de inspector de templos y cultos no hubo lugar a averiguar datos sobre los de carácter cristiano, no reconocidos por la ley. El presbítero más cercano es el de la comunidad cristiana de Kom-Ombó. Hacía ya bastante tiempo que no tenía ocasión de participar en una liturgia y me he dirigido a la comunidad de Kom-Ombó para el día del Señor. El presbítero Acacio me ha ofrecido su ayuda calurosa para mi proyecto de comunidad de *monacós* y su presencia cuantas veces le sea solicitada. No ha sido lo menos valioso de este encuentro la adquisición de los cuatro evangelios. En breve podré disponer de los demás libros del Nuevo Testamento. Me ha alentado también la información que me ha confirmado el presbítero Acacio de la existencia de algunos cristianos dispersos en Syeme. Por las relaciones que he ido estableciendo con Menas y con los albañiles que me han ayudado en las tareas de puesta a punto del cenobio se ha difundido mi presencia en la zona y pronto he ido contactando con algunos de esos cristianos. Rápidamente se ha reunido una comunidad, en torno al que hemos empezado a denominar cenobio, y hemos iniciado las celebraciones de oración y de lectura de la palabra el día del Señor.

Una vez estabilizada mi situación, me he dirigido a Dióscuro, para invitarle, en correspondencia a su generosidad para conmigo, a compartir la vida en la que le he ofrecido como su casa. A mi alegría por su aceptación se ha unido la de su manifestación de que había resuelto solicitar el bautismo. La meditada lectura del libro de Ireneo le ha abierto a la luz de la fe, tan diáfanamente reflejada por el sabio obispo de Lyon.

Hemos invitado al presbítero Acacio a permanecer unos días con nosotros y establecer la comunidad de Syene, y a celebrar la primera eucaristía para los cristianos de la margen derecha del Alto Nilo. La presencia de Acacio propiciará la preparación inmediata de Dióscuro para el bautismo y su recepción en la iglesia.

Las conversaciones que Dióscuro y yo mantenemos con nuestros vecinos cristianos, tras las celebraciones de las eucaristías, que hemos tenido con Acacio y de las lecturas de la palabra, nos han permitido encontrarnos con gentes de fe admirable y de gran piedad. Algunos proceden de Alejandría y de su entorno. Se instalaron en esta zona con motivo de la persecución de Septimio Severo. Las gentes sienten curiosidad por saber qué significa nuestra forma de vida. Al ver que está centrada en la oración y en el trabajo y en la ayuda a los necesitados, que practicamos modestamente, se han interesado por nuestra comunidad. Sinclético, que había sido uno de los comerciantes de telas más ricos de Alejandría, que vio destruido su negocio y pudo huir de la persecución, ha sido el primero en plantearnos la pregunta de si le admitiríamos en nuestra *cenobio*. Ha quedado viudo recientemente y sus cuatro hijos están ya casados.

La verdad es que yo me había ilusionado un poco ligeramente con la idea de formar una comunidad como la de los *monacós* de Action, pero tras el encuentro con Dióscuro, no había vuelto a planteármela, al juzgarla un proyecto irrealizable, una vez perdido el contacto con los terapeutas. Ha sido el mismo Dióscuro el que me ha animado a admitir sin más a Sinclético en nuestra *cenobio*.

—Que conviva con nosotros un tiempo y pruebe nuestra vida, y Dios dirá.

Todo ha venido enseguida a desarrollarse con increíble naturalidad. Sinclético posee una personalidad asentada y madura y es hombre de gran fe y piedad. Nuestro nuevo hermano posee una buena formación y tiene una gran disposición para la vida práctica. En muy poco tiempo, tanto él como nosotros, hemos llegado a la convicción de que su decisión de integrarse en nuestra *cenobio* había sido acertada. Insensiblemente ha ido asumiendo todas las labores de la casa, de manera que no ha habido necesidad de nombrarlo administrador de la apenas insinuada *cenobio*.

Un nuevo miembro venido a incorporarse a nuestra tríada inicial. Acacio, el presbítero de Khom-Ombo, viene a hacernos su periódica visita. Eata vez, acompañado de Tolomeo, un terapeuta de Moeris que acaba de ser bautizado, tras una meditada conversión a la fe. Tolomeo manifiesta deseo de conocer nuestra vida, que le ha ponderado Acacio como adaptada a su deseo de retiro y de contemplación. Nuestra alegría ha sido grande por esta visita, seguros de que respondemos plenamente al proyecto de vida que pretende Tolomeo. Nacido en Ptolemaïs Ake, hijo del dueño de un gimnasio, Tolomeo, inteligente y de modos refinados, ha recibido una exquisita educación, que ha cultivado con lecturas y la escucha de diversos maestros en su ciudad y en Tyro. Está ya en sus treinta años y su presencia trasparenta la serenidad que confiere la sabiduría.

Con Pombo, un *laokistós* copto, analfabeto y de gran simplicidad, pero fiel creyente, verdadero hombre de Dios, que está al frente de la huerta y de la granja, mientras decide su permanencia entre nosotros, nos sentimos un verdadero *cenobio*. Con ocasión de la visita del presbítero Acacio le he pedido que presidiera la reunión comunitaria en la que íbamos a proceder al nombramiento del hermano mayor del *cenobio*. En su presencia he pedido a los hermanos que iniciáramos la elección con voto secreto. Dióscuro ha tomado inmediatamente la palabra, para decir que pensaba no había lugar a una elección, puesto que todos me consideraban el hermano mayor desde el principio. Todos han asentido unánimemente, y el presbítero Acacio ha dado su bendición al acuerdo. Con la celebración de la cena, acompañados por numerosos cristianos, hemos concluido el día, en que nos hemos reconocido plenamente como una *cenobio* de *monacós*, comprometidos con el celibato y la fraternidad.

De acuerdo con Dióscuro habíamos iniciado, desde el principio de nuestra convivencia, una norma de vida aproximada a la que había experimentado en Actión. Ahora, constituimos un verdadero cenobio y la regularidad de su funcionamiento, acordada por todos, es la que he propuesto, copiada de los *monacós*.

Nuestra jornada se divide en tres actividades, la oración, el trabajo y las lecturas y conferencias. Las labores de la huerta y de la granja, aun cuando están bajo la dirección del hermano Pombo, exigen la participación de Las conferencias corren tanto a mi cargo como al de Dióscuro y al de Tolomeo.

La ocupación personal más asidua de los tres es la copia de libros, en la que participa también Sinclético, que responde de la adquisición de libros y de la preparación del papiro y de los demás medios necesarios. Las copias de las Escrituras de *Contra las herejías* de Ireneo, desconocido en Egipto, El Protréptico y los Strómata de Clemente constituyen las primeras obras de nuestra biblioteca comunitaria. La venta de libros nos permite suficientes ingresos para nuestra modesta economía y para poder ayudar a las gentes que acuden a nosotros en búsqueda, especialmente, de medicinas.

Sinclético ha armado un telar con el que teje con gran agilidad ropas para todos nosotros y para los indigentes. Para nosotros ha hecho unas túnicas de lino, que es nuestra forma de vestir, ceñidos con una correa de cuero.

El hermano Pombo, que es un experto hortelano, contribuye con su labor callada y perfumada de oración permanente, a asegurar nuestra autarquía económica básica con toda clase de verduras y de frutas y con el cuidado de la granja de aves y de los establos de vacas y ovinos. A su cuidado está también el horno de pan. La integración en la *cenobio* de Pior, avezado *makimós* del Nilo, nos ha permitido adquirir una pequeña barca a vela con la que nos trasladamos el día del Señor a Khom-Ombo a participar en la liturgia con esa comunidad.

La vida de nuestro *cenobio* ha suscitado interés creciente en un amplio entorno de Syene y han sido numerosos los jóvenes que, deseosos de una vida superior, han solicitado ser admitidos entre nosotros. Sólo unos pocos han logrado superar la serie de renuncias que exige esta vida, aunque han sido bastantes los que lo han intentado. Hemos tenido necesidad de crear una sección con los que desean, por su parte, comprobar la seguridad de su propósito y, por la del *cenobio*, la de sus disposiciones para esta vida. Dióscuro es, por su longanimidad y su equilibrio, quien ha asumido, con el parecer de todos, esta labor de discernimiento.

La formación ofrecida a los que solicitan ingresar en nuestra *cenobio* es la que constituye la base de nuestra espiritualidad, la búsqueda de la *exygia*, la paz interior, de la renuncia a toda posesión, y el autodominio y la unificación interior en la apotaxis, que era la otra condición que el Presbítero consideraba necesaria para esta vida.

Desde esta liberación espiritual, la vida cristiana fluye con mayor facilidad. La fe es el inicio de la caridad, y el término de la caridad es la gnosis, el conocimiento profundo de Dios. El temor de Dios preserva el alma del mal y la abstinencia la fortifica. La perseverancia engendra la esperanza y la esperanza glorifica y alegra la vida. Así lo aprendí yo de Clemente, y este es un valor cristiano que compartimos desde la primera convivencia con Dióscuro hasta hoy

Esta es también la formación que impartimos a los que se nos incorporan. Para todos, aun para los menos dotados, *El Protréptico* de Clemente, muy superior al *Hortensio* de Cicerón, como incitación a la sabiduría, es la base intelectual de la formación. Nos sirve a la vez para iniciar en la lectura a los que vienen todavía analfabetos o sólo hablan el copto, como Pior, Orsisio y Yerace, que perseveran con nosotros.

Pronto en nuestras reflexiones comunitarias hemos comprendido que teníamos que intensificar la ayuda a las gentes que nos rodean y compartir los bienes que crea nuestra actividad y no necesita nuestra vida austera y humilde. La facilidad de Sinclético para desenvolverse en la vida y su capacidad de iniciativa le ha llevado, junto con Erone, un nuevo hermano conocedor de la medicina, a crear una modesta farmacia para atender con medicinas, de que carecen totalmente, a las gentes cercanas.

Ha sido un regalo para el *cenobio* la incorporación de Anatolio, joven de veinte años. Procede de Licópolis y ha recibido una buena educación literaria y mejor formación cristiana, que ha mantenido con gran inocencia de vida. Posee una caligrafía excepcional y una rapidez en la copia que le permite duplicar la labor de cualquiera de nosotros. Con él la copistería ha alcanzado un notable incremento, de modo que hemos pensado en ofrecer colaborar en ella a algunos jóvenes de Syene. En muy poco tiempo la copia de libros ha centrado casi toda la actividad del *cenobio*.

Mi reconciliación con Orígenes, la deposición de mi alejamiento de él, más bien, me había inducido a ofrecerle pasar un tiempo en nuestra comunidad de Syene, para garantizar nuestra organización y nuestra más perfecta orientación cristiana. Por noticias recibidas de Heraclas hemos sabido que ha dejado Alejandría para establecerse en Antioquía de Siria.

Ha tenido que tomar esa resolución, dada su situación irreconciliable ante el obispo Demetrio. Orígenes había sido ordenado sacerdote durante una estancia en Antioquía. El obispo Demetrio lo ha juzgado como un acto de indisciplina y lo ha declarado excomulgado. El gran maestro no ha encontrado otra solución que retirarse a Antioquia de Celesiria. No podía tampoco en esas condiciones proseguir su obra de las exaplas en Alejandría.

Al saber Ambrosio, refugiado en estos momentos en Antioquía, que Orígenes estaba teniendo esos problemas, lo ha reclamando insistentemente, reiterándole el ofrecimiento de su ayuda.

Al tener noticia de estos hechos, hemos empezado a mantener correspondencia con Orígenes. Por ella hemos llegado al conocimiento del increíble número de obras que ha escrito durante los últimos años. En reunión comunitaria se ha aceptado mi proposición de viajar a Antioquía para adquirir los libros de Orígenes y proceder a reproducirlos en nuestra copistería. Con el beneplácito de todos, seremos Dióscuro y yo quienes nos encarguemos de esta misión.

Hemos tenido que esperar a que pase la plena, la gran crecida del Nilo, que dura cien días, a partir del solsticio de verano, para iniciar nuestro viaje.

El viaje a la Antioquía de la provincia romana de Siria lo hemos hecho hasta el puerto de Pelusium, conducidos por el experto Pior en nuestra barca. Allí esperará nuestra vuelta de Antioquía, hacia la que nos hemos embarcado inmediatamente.

Grande ha sido mi sorpresa al entrar en la grandiosa Epidafne, de más de cincuenta mil habitantes, suntuosa y espléndida de edificios y sede del Procónsul de Celesiria. Es sorprendente también la presencia cristiana, visible y muy influyente como en ninguna otra ciudad del Imperio. De hecho, aquí se creó la primera comunidad cristiana importante, tras la de Jerusalén, y entre estas gentes se atribuyó por primera vez el nombre de cristianos a los creyentes en Cristo.

Al igual que en Alejandría, al amparo de las instituciones culturales helénicas ha nacido un gran movimiento de cultura cristiana teológica y jurídica que ha dado lugar a la celebración de varios sínodos. La potencia del diamantino Orígenes, con la también poderosa ayuda de Ambrosio, ha incrementado la influencia en toda la iglesia de la teología antioqueña.

La recepción que nos ha dispensado Orígenes ha estado a la altura de su grandeza de ánimo y de su calidad cristiana. Se ha interesado enormemente por nuestro *cenobio*, que considera un hecho novedoso que le ha causado admiración. Le ha impresionado muy favorablemente la personalidad de Dióscuro y la inteligencia que muestra en los diálogos con él y en las cuestiones teológicas que le ha planteado.

Su generosidad, a la hora de concedernos disponer de sus obras para nuestra copistería, ha sido también digna de él. No sólo nos ha autorizado poder copiarlas y venderlas sin limitación alguna, sino que nos ha regalado todas las que ha publicado hasta ahora, y no ha admitido retribución alguna, a pesar de nuestra insistencia y de asegurarle de que disponíamos de suficientes recursos en nuestra *cenobio*. Una vez más, la personalidad de Orígenes y su capacidad intelectual y de dedicación a la enseñanza y a la predicación asidua de homilías, que convierte en publicación permanente de nuevos libros, me ha impresionado vivamente y me ha hecho revivir mis sentimientos de admiración y de afecto que siempre he mantenido hacia él.

Como un tesoro hemos preparado para nuestro viaje de vuelta a Syene en fardos, cuidadosamente defendidos contra cualquier contratiempo, los libros que hemos conseguido. Además del libro más importante de Orígenes, *De los principios*, llevamos los comentarios del Evangelio de Juan, de las epístolas de San Pablo, del *Cantar de los Cantares*, los libros *Sobre la oración, La Jerusalén terrena y la celeste* y otros varios de homilías.

Nuestro regreso al *cenobio*, no sólo ha venido a aportar la alegría del reencuentro y de las gozosas noticias sobre la iglesia de Antioquía, sino una aportación muy valiosa para un mayor enriquecimiento espiritual de todos. Con el nuevo caudal de libros, la actividad de la copistería ha cobrado un nuevo impulso. Pronto su notoriedad ha empezado a hacernos moderar su ritmo de trabajo en favor de nuestra vida de oración.

CAPÍTULO DIECIOCHO

Han pasado tres lustros en el cenobio iniciado con el joven Dióscuro, y estamos conviviendo de manera estable diez *monacós*. Sólo de tiempo en tiempo podemos disponer de la presencia del presbítero Acacio. Finalmente, se ha decidido por unanimidad que me dirija a Alejandría para solicitar al obispo Demetrio el envío de un presbítero a la comunidad cristiana, creada en torno a nuestro cenobio. Pero la pretensión de mi solicitud al obispo va a ser más ambiciosa. He emprendido el viaje, acompañado de Dióscuro, con la esperanza de que el anciano obispo Demetrio aceptará nuestra proposición de que le imponga las manos como presbítero.

Hemos viajado hasta Alejandría en una nave de la Legión VII Fretense, como invitados por Marcelo Lépido, su actual estratarjés y jefe de los catastros del Alto Nilo, fiel cristiano y gran favorecedor de nuestra comunidad.

Nuestra llegada a Alejandría ha sido motivo de gran alegría para la comunidad cristiana y para los excelentes amigos del Didaskaleion, especialmente para para Heraclas. Mi amistad con Heraclas, ahora director del Didaskaleion, desde los días de nuestra etapa de discípulos de Orígenes, nos ha deparado acogida y alojamiento.

Pero nuestra proposición de ordenar presbítero a Dióscuro no ha encontrado tan fácilmente, como habíamos pensado, una aceptación inmediata. El obispo Demetrio ha mostrado cierta desconfianza, cuando le hemos expuesto nuestro proyecto de vida en común, como *monacós*. No se estila en las iglesias, nos ha observado, ese género de vida, que siguen los terapeutas de Apolinópolis y terapéutrides de Apamea de Siria. Habrá que consultar a los demás obispos. En cuanto a la imposición de manos a Dióscuro, es decisión que requiere examen de su fe y de sus disposiciones y el testimonio de los hermanos.

Una inoportunidad ha venido a añadir otra dificultad a la consagración de Dióscuro. No podemos contar ya con el apoyo y el prestigio de Orígenes que su recomendación podían habernos prestado, precisamente por el grave problema creado con su ordenación de presbítero. Dióscuro y yo hemos determinado permanecer un tiempo en Alejandría en espera de que cedan las tensiones de estos días.

Pero una nueva conmoción, esta vez de carácter catastrófico, ha venido a soliviantarnos a todos. Un inesperado recrudecimiento de la persecución, siempre latente, contra los cristianos ha venido a irrumpir, tras los años serenos por la tolerancia de Severo Alejandro. Apenas adueñado del poder, el Emperador Maximino ha expulsado a los servidores de la casa de su antecesor, por ser la mayoría cristianos y ha emitido un edicto que impone la eliminación de los jefes de las iglesias. La persecución ha sido rigurosamente aplicada en las iglesias de Egipto, especialmente en Licópolis y en Alejandría. Gracias a la generosidad de un funcionario cristiano el obispo Demetrio ha podido encontrar un refugio seguro. Pero sorprendentemente la persecución ha comprendido también al noble Ambrosio y a Protoctato, que aunque son sólo diáconos, han sido encarcelados. El rigor con que se ha aplicado el edicto en Alejandría y las pesquisas minuciosas de legionarios investigadores, los llamados beneficiarios, nos ha alcanzado a Dióscuro y a mí, como dirigentes de la iglesia de Syene. No ha habido juicio alguno ni providencia legal de ninguna clase. Se ha aplicado el edicto imperial ante la simple constatación de nuestra pertenencia a lo que se ha considerado dirección de una iglesia cristiana.

Después de nuestro apresamiento hemos estado aislados y sin saber nada unos de otros. Venturosamente, pasados algunos días, nos hemos podido volver a encontrar en el mismo calabozo en el que, con Ambrosio y Epictato, Dióscuro y yo compartimos la vida y la miseria que nos rodea. El diácono Epictato es un hombre de Dios, de suave y amable ancianidad, en permanente oración e invocación del nombre de Jesús. Con su espíritu de piedad ilumina de fe la celda. Ambrosio es una personalidad excepcional. Está dotado de una nobleza y de una grandeza de ánimo, unidas a una gran sencillez y a una fina afabilidad, que ganan enseguida el corazón.

Con Dióscuro el recuerdo de nuestros hermanos del cenobio es constante. Con cuánto afán y con cuánto amor por ellos estamos deseando volver a su compañía. La seguridad de que nos tienen siempre presentes, igual que lo hacemos nosotros, nos conforta en todo momento. Ambrosio nos sabe hacer pasar las horas interminables de cautiverio con dignidad y sin venirnos abajo. Por lo demás, él es sin duda uno de los mejores conocedores de las enseñanzas de Orígenes, su más fiel discípulo y admirador. Nuestras conversaciones versan incansablemente sobre esos temas. Cuando las cuestiones parecen agotadas, Dióscuro vuelve a suscitar otras nuevas, en su afán por profundizar en la sabiduría de la fe.

Por confidencia de un carcelero, a cuya benevolencia debemos la llegada de noticias y de algunas ayudas, Ambrosio ha sabido que nuestra ejecución está siendo retrasada por las dudas que han suscitado algunos miembros del Boulé acerca de la legalidad de nuestra acusación. Por el mismo conducto ha venido a las manos de Ambrosio una extensa carta de Orígenes en la que le exhorta a la fidelidad a la fe a la hora del martirio.

"Ambrosio, dignísimo de Dios, y Protoacto piísimo, oíd. Como atletas que sois de Cristo se os prepara, no una simple tribulación, sino una tribulación sobre tribulación. Pero quien no recusare la tribulación sobre tribulación, sino como fuerte atleta la aceptare, inmediatamente recibe esperanza sobre esperanza, por la que gozará de felicidad, ante la inferioridad de lo exiguo de la tribulación frente a la esperanza".

Las lágrimas y la emoción del noble anciano, al comenzar su lectura, nos han conmovido a todos. Se ha señalado el día previo a los idus de marzo para nuestra comparecencia en juicio público.

Ha llegado el día, y los carceleros nos han despertado cuando todavía no ha amanecido. Sin darnos tiempo ni para poder realizar nuestras oraciones, nos han conducido hasta un puesto de la guardia pretoriana. Toda la chusma de los maleantes, los ociosos y los alborotadores, desatados de odio, se han dado cita para el juicio que se va a celebrar en plena ágora. Preside el Prefecto Placidio que tiene la competencia exclusiva ante este género de acusaciones.

Epictato y Dióscuro han sido los primeros interrogados.

—¿Es cierto que sois dirigentes de la secta cristiana?

Su respuesta ha sido el silencio. No lo pueden confesar, puesto que no lo son, en realidad. Su negativa no tendrá ningún sentido; sería entrar en una discusión inútil, dado que están condenados de antemano. A un gesto del Prefecto, Epictato ha sido aferrado por los verdugos y tendido en el ecúleo sin que haya mostrado resistencia ni temor. Epictato, de débil complexión, no ha podido resistir el dolor de la primera ansia, ha doblado su cabeza, inclinándola contra el pecho, y ha quedado exánime al instante.

Su rápida muerte parece haber frustrado el deseo de espectáculo de los más alborotadores, que a gritos azuzan a los verdugos a extremar su crueldad. El Prefecto ha mandado añadir la flagelación a los demás. Dióscuro, al ser despojado de la túnica, muestra un cuerpo esbelto y firme como de un atleta. Enseguida es atado a un poste y sometido a una larga flagelación. Los latigazos acaban por provocarle violentos espasmos, pero no abre la boca, más que para invocar el nombre de Jesús. Cuando, todo desgarrado y ensangrentado, lo atan de pies y manos a las aspas del ecúleo, pronuncia palabras de perdón para los verdugos. Al tercer duro estiramiento, un grito desgarrado ¡Jesús! ha brotado de su pecho. A pesar de la crudeza de todo lo que estamos viviendo, Ambrosio y yo nos hemos mirado consternados de compasión por Dióscuro. Él, sin embargo, ha seguido orando mientras lo sometían a cada vez más violentas mancuerdas, hasta que se ha extinguido su voz.

Habían pensado que, dejándonos los últimos para los tormentos a Ambrosio y a mí, la notoriedad de nuestra condición social iba a quebrantar la firmeza de nuestra profesión cristiana. Toda la sociedad de Alejandría reconocía la nobleza y el prestigio social de Ambrosio. Su representación, como el cristiano más relevante de la ciudad, iba a suponer, además, si se lograba su claudicación, un gran desprestigio y un grave escándalo para la amedrentada iglesia de Egipto. Por eso el Prefecto le ha interpelado condescendiente:

—Ambrosio, tú eres varón insigne en Alejandría, ciudadano romano conocedor del derecho y cumplidor de las leyes, por lo que no debes olvidar que existe un *senatusconsulto* desde Nerón *christiani non sint*. Septimio Severo mitigó clementemente ese instituto, prohibiendo solamente el proselitismo. Ahora Maximino, Pontífice Máximo ha limitado la ley a la supresión de los dirigentes cristianos. Tú estás comprendido en ella y debes acatarla. En virtud del respeto que te debes a ti mismo, a tu condición de *cives* romano y a los ciudadanos de Alejandría, te intimo a que proclames tu lealtad al genio del Emperador y adores y veneres a los mismos dioses que los romanos adoramos.

La respuesta de Ambrosio ha estado a la altura de la grandeza de su alma y de la firmeza de su fe:

—Óptimo Placidio, yo soy cristiano, discípulo de Cristo, y adoro a Dios en espíritu y en verdad. Su palabra omnipotente ha creado el cosmos entero y nos ha hecho a su imagen e inmortales; vosotros, al contrario, habéis hecho los dioses a la vuestra, pura ficción y mera fábula representativa de las fuerzas de la vida. Tú eres, Óptimo Placidio, un hombre conocedor de la filosofía y de las leyes, y tienes que saber que nuestro espíritu es más divino que los en el fondo grotescos dioses vuestros, y que el espíritu es libre, incoercible, y no está sujeto a ninguna ley humana contraria a su libertad.

A pesar de su triste estado, su corpulencia y sus miembros consumidos por la larga inanición de la cárcel, la noble apostura de Ambrosio aparecía resaltada por un halo de dignidad que ha sorprendido a la multitud, al escuchar su mansa respuesta, y la ha hecho enmudecer. El Prefecto, humillado por la altura del discurso de Ambrosio y exasperado por no saber redargüir su alegato, le ha amenazado con reduplicar sobre él los tormentos.

—No son tormentos los que has aplicado a Protoctato y a Dióscuro, sino unciones de su fe. Estoy dispuesto.

Sobrecogía el ánimo de terror contemplar crueldad con que se le han aplicado láminas rusientes de bronce por todo su cuerpo . Al sentir las espantosas quemaduras, Ambrosio ha experimentado una dolorida contracción de todo su cuerpo, pero ha levantado la cabeza, como no dejándose vencer por el tormento. Un grito de horror ha resonado entre la multitud, cuando han visto el humo que salía al quemarse las carnes de Ambrosio.

En la paz y la dulce entereza con que Ambrosio toleraba, desde el primer momento, el sufrimiento he admirado la fuerza de la fe y la gloria del martirio, que nos había hecho concebir la exhortación de Orígenes. Su ejemplo me ha impulsado a una reacción de valor, ante las vacilaciones que estaba experimentando. Como todos los que presenciaban el pavoroso espectáculo, yo también pensaba que Ambrosio estaba ya muerto, cuando los verdugos han cesado en su cruento suplicio, pero todavía el fortísimo mártir seguía respirando gemidos de oración dolorida. Entonces el Prefecto ha mandado que le desgarraran los costados con garfios de los que usan los matarifes. Cuando he visto su cuerpo hecho una penosa carnicería, me he hundido en un sentimiento de horror y me he sentido como desposeído de conciencia; parecía que se me habían fundido los huesos, sentía mi cuerpo como si fuera de goma y apenas me podía mantener de pie.

La encarnizada ejecución de Ambrosio ha parecido horrorizar al mismo Prefecto. Con violento gesto ha mandado a un legionario que acabara conmigo con un golpe de su espada.

Se me han borrado todas las ideas y todas las vivencias y un pavor, como de niño aterrorizado, se ha apoderado de mí, al oír la orden del Prefecto. No soy de la raza de los mártires, oigo en mi subconsciente inestable y débil. En el acobardamiento y en la angustia he levantado los ojos y he mirado con el alma helada al verdugo que se dirigía impasible hacia mí. Cuando iba a blandir la espada con sus dos manos sobre mi cabeza, he alzado los brazos en un impulso instintivo hacia el Prefecto. Doblado sobre mí mismo, he caído de rodillas y casi sin voz he proclamado reverencia y lealtad a los dioses del Imperio. No he experimentado ninguna sensación de alivio en ese momento; me he quedado totalmente anonadado. Un abatimiento total, pesado como una losa, me ha sumergido después en la semiinconsciencia y en la oscuridad. Ausente de todo lo que ocurría en mi alrededor, me reprobaba con una acusación medio cínica mi cobardía y mi traición a la fe y a mis tres heroicos compañeros que la han confesado con inquebrantable fidelidad. Estaba a punto de participar en la victoria de la fe con Epictato, con Dióscuro, con Ambrosio, y he sido Judas y apóstata miserable.

Cuando he vuelto en mí estaba solo, sentado en tierra. Todo el mundo ha desaparecido. Nadie me ha dedicado la mínima atención. He sentido la soledad como si entrara en un sueño en el que sólo existía la oscuridad, en un desarraigo sin nada delante de mí ni nada detrás de mí. Como un relámpago han cruzado por mi mente la miserable vida en Arsínoe, las palabras de condena de Sículo, la muerte de Alis, la primera noche en la mina, la degradación moral de la gnosis, la cobardía ante la espada del soldado. ¿Adónde acudir?, ¿Cómo ocultarme de la insondable vergüenza ante mí mismo?, ¿Cómo borrar mi traición total y mi descrédito ante la fraternidad de Syene y el provocado sobre ella? Todo era ahora acusación aterradora en mi conciencia, mi madre, Alis, Lucio Sículo, Panteno, Orígenes, los tres ensangrentados mártires traicionados por mi cobardía. A la luz negra de esta condenación ha seguido una sensación de desprecio y de repudio sobre todo mi ser. He deambulado sin dirección ni sentido. La niebla, que ha cubierto espesa el lago Merotis, me invitaba a sumergirme en la tiniebla del abismo total que componían el cielo y el lago como algo inexistente. Era la única solución ofrecida a mi angustia suprema y alucinada, la liberación absoluta del horror de la falsedad de mi vida.

CAPÍTULO DIECINUEVE

Me desperté boca abajo en el suelo plano de la pequeña gabarra de un *makimós* que pescaba lampreas en el lago. Me di cuenta de que estaba ciego, y sentía unas náuseas de agonía. El compasivo *makimós*, que me había rescatado del agua, me daba sin cesar enérgicas friegas de la espalda a los riñones. El vaivén de mi cuerpo inerte me producía un mareo alucinado. Poco a poco empecé a sentir calor y a darme cuenta de qué experimentaba mi cuerpo. Pero estaba inerte y como embotado; no lograba formular un pensamiento. Palpaba el fondo de la gabarra con las palmas de las manos, en un intento de tocar la vida, de tomar conciencia de que vivía. El buen *makimós* me volvió boca arriba, hacia sí, y apenas veía sus ojos fijos sobre los míos, obsesionado de ansia al ver por encima de ellos las estrellas. Intenté hablar, pero sólo logré balbucir sin poder articular una palabra ni formular un pensamiento. Con la sabiduría de las gentes sencillas el *makimós* no habló nada; varó la gabarra en la orilla, me tendió en la arena y me despojó de mi túnica, para que se secara. Mi salvador quiso seguramente evitarse complicaciones y volvió a adentrase en el lago, a proseguir su pesca.

Tumbado en la arena, el cansancio de muerte que me aplastaba como un peso imponderable se fue haciendo sopor y luego sueño poblado de terrores. Sin embargo, sólo al despertarme logré tomar conciencia de mi situación y volver a revivir, Una angustia infinita de culpa y de traición, me representaba obsesivamente las trágicas escenas de la jornada en la que había sido infiel a la fe de Jesucristo y a la lealtad y a la solidaridad con Ambrosio, con Dióscuro y con Epictado, que la habían confesado con su muerte. Un sentimiento de menosprecio de mí mismo y una depresión angustiosa me aniquilaban y me sumergían en la impotencia. A la situación de desorientación total, a que me había conducido el final falso dado a mi auténtica verdad de vida, la traición a mi fe cristiana, se unía ahora la pérdida de cualquier referencia a que asirme para sobrevivir. No tenía un rostro a quien poder mirar, ni una mano a la que tender la mía en demanda de acogida.

Opté por esperar a recuperarme y poder coordinar mis pensamientos, mientras contemplaba incrédulo y medio sonámbulo que la gente se movía alrededor y se azacanaba, urgida por la vida. Tenía que ocultarme. Alguno de los testigos del espectáculo del ágora podía reconocerme. Decidí disimular como pude la larga túnica de agaptós, cubriéndome con ella la cabeza y permanecí junto al lago. Al atardecer, aparecería el pescador que me había salvado y podría darme algo de comer y prestarme auxilio en mi precaria situación.

El *makimós* resultó ser un buen cristiano y, por fortuna, no había presenciado las escenas del proceso y de las ejecuciones, amedrentado como todos los miembros de la comunidad de los fieles de Alejandría. Tras su labor, me condujo a su casa y me ofreció quedarme en ella hasta que me repusiera de la situación de agotamiento que me atenazaba.

La sencillez y la franqueza de la familia cristiana de mi salvador me atenuaron mi angustia y mis miedos. Fui obteniendo noticias de la situación de la comunidad cristiana. Algunos habían apostatado, y el obispo Demetrio se negaba a conceder la reconciliación a los renegados.

De repente, como una iluminación, como una presencia acogedora, surgió ante mí el recuerdo de la nobleza y de la bondad de Orígenes, de la verdad y de la lealtad de su amistad. Orígenes había confesado la fe en el tormento. A su prestigio de gran maestro, de sabio y de santo, reconocido en las iglesias de Alejandría y de Antioquía de Siria, se unía el de mártir viviente, que le otorgaba poder de acogida y de cartas de paz en favor de los apóstatas. Orígenes era ahora mi áncora de esperanza de redención. Con Orígenes, en su escritorio, podía, además, reencontrarme con mi dedicación anterior a la labor editorial.

Se me abrían las puertas a la reconciliación y a la esperanza.

Índice